Flügel zitternd im Wind

Vergangenheit, Gegenwart und Zukunft treffen aufeinander.

Zehn Geschichten, jede eine Erzählung für sich und doch romanartig miteinander verknüpft. Geschichten aus den schützenden Nischen einer Diktatur. Drei Protagonisten, drei Leben im geteilten und dann wiedervereinten Deutschland, bis hin in unser 21. Jahrhundert.

Über die Autorin:

Christiane Schlenzig, schreibt Prosa,
Autobiografisches und Fiktives.
Sie ist Mitglied im Berufsverband junger Autoren
Bisherige Veröffentlichungen in Anthologien, u.a. in:
„Mauerstücke – Erinnerungsgeschichten",
sowie im Menschenrechte-Lesebuch Amnesty International „Wer die Wahrheit spricht ..." bei Edition Roesner,
2012 Debütroman: „Flügel zitternd im Wind",
2014 Familienroman „Zeit zwischen Nacht und Tag",
2016 „Kraniche im Ruderflug" Erzählungen, 2017 Gesellschaftsroman „Wenn jede Stunde zählt", 2019 Roman „Unebene Wege".

Christiane Schlenzig

Flügel zitternd im Wind

Neue überarbeitete Auflage

Bibliografische Information durch die   Deutsche Nationalbibliothek: Die Deutsche Nationalbibliothek verzeichnet diese Publikation in der Deutschen Nationalbibliografie; detaillierte bibliografische Daten sind im Internet über http://www.dnb.de abrufbar.

ISBN 9 783750 428904

Ich kann freilich nicht sagen,
ob es besser werden wird
wenn es anders wird,
aber soviel kann ich sagen:
Es muss anders werden,
wenn es gut werden soll.

Georg Christoph Lichtenberg
(1742-1799)

I.

Die Maschine müsste schon vor einer Stunde in New
York gelandet sein. Er schaut noch einmal auf die Uhr
und dann auf sein Handy. Seltsam, keine Nachricht?
Sie ruft für gewöhnlich in jeder freien Minute an. Und
heute? Er ist leicht nervös. Indem er sich mit einem Es-
presso an seinen Schreibtisch setzt, das Handy neben
die Kaffeetasse legt, versucht er sich abzulenken ...

Die Zeit schreitet voran und er spürt die Spaltung in
seinem Körper – ein Teil lebt von einem Augenblick zum
nächsten, der andere Teil ist in Gefahr verloren zu gehen.

Draußen und drinnen

Im Treppenhaus war das Licht ausgegangen. Er stand im Dunkeln auf dem letzten Treppenabsatz und tastete sich langsam an der Wand zum Lichtschalter nach oben. Mit fahriger Hand suchte er das Schlüsselloch. Die Tür sprang auf, er war zu Hause. Im Korridor warf er den Schlüssel auf das Tischchen, den Mantel über den Garderobenständer, ging in die Küche und füllte Wasser in den Kocher. Es war ein anstrengender Tag gewesen. An Essen mochte er gar nicht denken, so ging er mit seinem Teetopf ins Wohnzimmer, schaltete den Fernseher ein, und indem er sich in den Sessel setzen wollte, sah er das rote Lämpchen des Anrufbeantworters. So stellte er die Tasse ab, schlappte zum Telefon und drückte auf die rote Taste: *Eine neue Nachricht, heute zwanzig Uhr zehn.* Er schaute auf seine Uhr. Julia konnte es nicht gewesen sein. Sie saß zu dieser Zeit noch im Flieger nach Zürich.

Stille. Das Band sagte nichts, jedoch meinte er ein Atmen zu hören, dann kam der Piepton. Schade, eine Stimme von außen, außerhalb dieser verteufelt anstrengenden Arbeitswelt, wäre ihm willkommen gewesen. Julia … beim Gedanken an sie, überkam ihn eine verzehrende Sehnsucht, der überwältigende Wunsch, ihre Stimme zu hören.

Er drückte noch einmal auf das Briefsymbol: Telefonnummer *unbekannt,* und nach der Ansage hörte er deutlich das tiefe Ein- und Ausatmen …

Der nächste Arbeitstag war weniger anstrengend. Er war am Nachmittag schon zu Hause und hatte für das Wochenende eingekauft, in der Hoffnung, dass sie kommt. Julia hatte so eine geheimnisvolle Art, ihn auf angenehme Weise zu überraschen …

Bevor er in die Küche ging, schaute er zum Telefon, wo das Rot erneut aufdringlich blinkte, als wolle es sich an seiner Abwesenheit rächen. Er ließ die Einkaufbeutel fallen: *Eine neue Nachricht* … Wieder nur ein hastiges Ein- und Ausatmen. Seltsam. Wer war das?

Am Abend saß er mit einem Glas Wein am Fernseher und sah die Tagesschau im Ersten: Die Regierenden verhandelten über die Ausweitung des Euro-Rettungsschirmes, und gerade, als der Finanzminister zu reden beginnen wollte, summte Rolfs Telefonmelodie dazwischen.

Ärgerlich erhob er sich, lief durch die Wohnung, suchte, wurde nervös. Der Hörer lag in der Kü-

che unter den Einkaufsbeuteln. Als er ihn endlich in den Händen hielt, schaltete sich der Anrufbeantworter ein. Er hätte die stumpfsinnig monotonen Worte unterbrechen können, jedoch irgendetwas hielt ihn davon zurück … *bitte hinterlassen Sie eine Nachricht* … atemlose zitternde Stille, dann ein Räuspern. An eine Hinterlassenschaft von Nachrichten war man wohl nicht interessiert …
Er dachte an Kriminalfälle.

Bevor er am Abend noch einmal die Wohnung verließ, schaute er nach, ob auch alle Fenster geschlossen waren und drehte den Schlüssel im Schloss zweimal herum. Indem der Fahrstuhl durch die Etagen fiel, überlegte er, was man tun konnte. Bedrängung der Privatsphäre. Datenschutz. Wann greift eigentlich in solch einem Fall die Polizei ein?
Er sah die Lichter der Stadt. Leuchtreklame wölbte sich über die Straße. Schattengestalten in den Fensterkreuzen.
Er lief eine reichliche Stunde ziellos umher. Julia – er spürte ein Verlangen. Ihr Lächeln und die Verzauberung ihrer Stimme, die nicht durch ihre Worte, sondern durch das Schiefergrau ihrer Augen im Dunkeln aufzuleuchten schienen.

Weit nach Mitternacht war er wieder in seiner Wohnung, im Dunkel des Zimmers suchte er nach einem roten Blinklicht. Doch da war nichts.

Am nächsten Morgen, er hatte schlecht geschlafen und stand unter der Dusche, ließ kaltes Wasser über Gesicht und Schultern rieseln, da hörte er wieder sein Telefon. In ein Badetuch gewickelt stürzte er ins Wohnzimmer. „Hallo Julia", und er atmete den Duft ihrer Haare, lieblich, frisch, mit einer schwachen Note von Lavendel … „Hallo, hier ist Krummbiegel, Paul Krummbiegel", wie zerbrochenes Glas drang es an sein Ohr. „Können wir uns treffen?"

„Ich kenne Sie nicht! Was wollen Sie von mir", brummelte Rolf mit enttäuschter Stimme. „Sie haben mir vor einer Woche geholfen." Er überlegte. Er konnte sich nicht erinnern. „Am Markt, Ecke Klosterstraße."

Die Stimme, der Rolf nun auch das Atmen und Räuspern der mysteriösen Anrufe zuordnete, sprach weiter: „Hab' Sie endlich erreicht, nun müssen Sie mein Angebot annehmen", ein krächzendes Atmen: „Heute Abend, Kneipe Blaue Kugel, Klosterstraße, … wissen Sie denn nicht …?" dann war das Gespräch unterbrochen.

Rolf wollte nichts wissen, ihm war es unangenehm hier zu sitzen. Die Kneipe, ein düsterer, ungemütlicher Raum, die wenigen Tische unbesetzt, ein junges Pärchen war im Begriff zu gehen. Als Rolf an den Ecktisch gekommen war, tauschte der Wirt gerade das leere Bierglas seines Gastes mit einem vollen, klopfte ihm mahnend auf die Schultern: „Langsam trinken, Paule." Dieser Paule kam mühsam in die Senkrechte: „Krummbiegel", und reichte Rolf zur Begrüßung die Hand.

Ein alter Mann, ein ungepflegtes Äußeres, schmale Wangen, von tiefen Furchen zerschnitten. Seine glasig roten Augen lagen frei in den Höhlen. Sein Kinn war übersät von einem Stoppelfeld grauer Barthaare. Er mochte vielleicht siebzig Jahre alt sein. Oder jünger? Es ließ sich schwer schätzen. „Sie haben mir zwanzig Euro in meinen Hut geworfen. So was merkt sich ein Obdachloser."

Der Alte saß da, hatte beide Hände auf die Knie gelegt, wie ein Bewerber, der weiß, dass er den Job nicht kriegen wird. „Ich war nicht immer obdachlos, wenn 'de das denkst …" Rolf hörte nur mit halbem Ohr auf die rauchige, leicht lispelnde Stimme. Wortfetzen: „Wohnung", „Abrisshaus", „Bagger", es interessierte ihn nicht. Er dachte an Julia, an ihre Lippen, geschminkt mit einem Stift von phosphoreszierend heller Farbe, ausgebreitet zu einem Lächeln, bis hin zu ihren schönen Augen, als sie ihm mitteilte, dass sie ihre Wohnung aufgeben wolle, um zu ihm zu ziehen.

Jetzt erinnerte er sich: An diesem Tag war er beschwingt, mit tänzelndem Schritt an einen Alten geraten, der auf seiner Decke saß und um Almosen bat. Die intelligenten, traurigen Augen hatten ihn fasziniert.

„… die Wende, da wurde alles anders …, arbeitslos, die Frau weg, einfach abgehauen …„

Rolf war ärgerlich über sich. Warum war er hierher gekommen? Er hatte sich ein Glas Rotwein bestellt, und … spürte, wie Julia mit ihren Fingerspitzen seine Hand berührte, die neben seinem Weinglas auf dem Tisch lag, sah ihr Gesicht, es verlor sich wieder …

Ein grauer Bartstoppelmund sprach aus bläulichen Lippen. Ein Auf und Zu, ein Schwall von Worten:

„Schon als kleiner Junge träumte ich davon: Weiße Handschuhe, weiße Mütze, weiße Jacke über grüner Uniform und einen Stab – schwarzweiß gestreift – mit dem ich den Straßenverkehr lenken kann. Eine Trillerpfeife auch. Vom Podest wollte ich herabschauen, freundlich lächelnd, winkend mit Stab und Armen. Linksabbieger, Rechtsabbieger, geradeaus …" Seine Augen glänzten im Widerschein des schwachen Lichtes.

„Ich wollte groß sein. Groß, größer, am größten. Jedoch als ich die Polizeischule absolviert hatte", er räusperte sich und seine Stimme verlor sich bei der Suche nach geeigneten Worten: „sorgten Straßenampeln für Ordnung – rot, gelb, grün. Hier wurde ich nicht mehr gebraucht. So blieb mir nur der Wachturm - damals. Ich war Tag für Tag meinen Weg abgelaufen. Im Rondell, von Mauer zu Mauer. Wie viele Kilometer? In wie vielen Jahren? Ich weiß es nicht. Wenn von den massiven Gefängnismauern aus einem der Fenster das barbarische Gelächter meiner Kollegen dröhnte, dachte ich jedes Mal, dass ich Glück gehabt hatte. Eine sichere Arbeit unter freiem Himmel. Wortlos, gedankenlos, aktionslos. Das Gewehr über der Schulter. Ich habe es nie gebraucht. Wer sollte dort schon ausbrechen? Und wie?"

Rolf war plötzlich willenlos im rückwärts gewandten Denken verhaftet. Verschnürt geglaubte Erinnerungen.

Warum hatte sich dieser Alte mit ihm treffen wollen? Kennt er ihn von damals? Doch das kann nicht sein. Rolf schleppte sich in einer Dunkelzelle auf sechs Quadratmetern von Wand zu Wand mehrere Wochen hin und her. Ein winziger Luftschacht ließ erstes morgendliches Vogelgezwitscher heruntertönen, wenn Rolf von den stundenlangen Verhören zurückgeführt worden war. Seitdem bekam er im Frühjahr und Sommer, wenn am Morgen die Vögel zu zwitschern begannen, unangenehme Magenbeschwerden.

Der Alte hielt sich an seinem Bierglas fest, kippte es leicht, schaute auf die dunkelgelbe Flüssigkeit, in der Bläschen zur Oberfläche aufstiegen: „Die Frühschicht, da sah ich von meinem Turm aus die Gebeugten. Die gestreiften Nummern. Schleppend, müde schlichen sie über den Beton. Gestalten ohne Gesicht. Und das wirst du nicht glauben, die hatten mich manchmal im Traum verfolgt. Die Neuangekommenen hatten noch ein bis zwei Tage einen aufrechten Gang und suchten am Grau entlang nach einem Stück Himmel."

Dieser Mann hatte es geschafft, den Schleier von Rolfs Gedächtnis zu reißen, so wie wenn man nach langer Abwesenheit die schützenden Tücher von den Polstermöbeln nimmt und die eingebrannten Löcher entdeckt. Wuchernde Erinnerungen, die jetzt über Rolf zusammenschlugen. Er zitterte. Das Zittern kam von innen, von einem Punkt in seinem Körper, den er nicht benennen konnte.

„Einmal, am späten Vormittag, da taumelte ein einzelner Gefangener im Geviert des Hofes hin und her. Sein Atem war eine weiße Nebelwolke. Geblendet vom Licht stieß er gegen die Mauer. Die Knie drohten ihm einzuknicken. Wie ein stummer Schrei waren seine Augen. Es waren wohl Minuten verstrichen, da lehnte sich der Häftling an die kalte Wand, holte tief Luft und schaute ängstlich nach allen Seiten." Die krächzende Stimme verlief sich, auf der Suche nach geeigneten Worten: „Dann zog der Gefangene vorsichtig etwas Papiernes aus dem Saum seiner Sträflingsjacke. Ein zerknittertes Notizbuch. Er faltete es hastig auseinander und mit einem kleinen, kaum sichtbaren Bleistift in der Hand begann er zu schreiben. Er schrieb. Schrieb und schrieb, und sein gebeugter Körper entspannte sich dabei. Das Papier, der Stift …, nur seine Hand zitterte noch. In mir zitterte es auch. Ich hätte mein Funkgerät einschalten müssen, um diesen Vorgang zu melden, aber ich schaute nur stumm und starr auf das ungewöhnliche Geschehen."

Wie er sich ausdrücken konnte, der Alte, aus ihm hätte etwas werden können …

„Nein! Die Frühschicht mochte ich nicht. Der Abend und die Nacht waren mir lieber. Nur vereinzelt drangen dann Schreie aus dem Sicherheitstrakt an mein Ohr, aber dafür war ich nicht zuständig. Wenn ich den schwarzen, vergitterten Löchern im Gemäuer den Rücken drehte, hatte ich die Betonwände vor mir. Sternartig angelegte Gänge." Rolf hatte den Geruch von Gefängniswänden in der Nase und das Krachen des großen schwarzen Schlüssels im Ohr: „Was willst Du? Mitleid, vielleicht Geld?", sagte er mit barscher Stimme zu seinem Gegenüber, und hörte sich selbst dabei zu, wie er detektivisch einkreisende Fragen stellte, um herauszufinden, was dieser Mann von ihm wollte. Doch der schien ihn gar nicht zu hören. Er setzte mit zittriger Hand das Glas an die feuchten Lippen, trank und es blieb weißlicher Schaum auf seiner Oberlippe zurück: „Und wo der Himmel mit dem Beton zusammenwuchs, war Stacheldraht. Von der höchsten Stelle meines Turmes sah ich die Dächer der Stadt, wie sie zusammentrafen mit dem rötlichen

Licht des Nachthimmels. In der Dunkelheit hatte ich nur das Tor zu bewachen, die protzige Unterbrechung im Beton, die selten geöffnet werden musste. Als allabendlich Lastkraftwagen herein rumpelten und jugendliche Gestalten ausschütteten, war meine Ruhe dahin. Auch in meinem Kopf. Mir war alles durcheinander geraten. Mir fielen solche Worte ein wie: Eingesperrt, eingeschlossen, weggesperrt.

Ich schritt unruhig hin und her und plötzlich starrten mich die vergitterten Fenster an. So ein leerer, toter Blick. Kannste dir das vorstellen?"

Krummbiegel führte mit zittriger Hand das vierte Bierglas zum Mund. Rolf hatte die große Uhr im Blick, die über der Theke an der Wand hing. Die Zeiger deckten sich, strebten auseinander, kamen wieder zusammen. Er staunte über die Lückenlosigkeit dieses Gedächtnisses. Er wollte irgendetwas antworten, aber die Stimme des Alten wurde zu einer sirrenden Säge und eilte zielstrebig weiter: „In der Ferne hörte ich lautes Motorengeräusch und von der Umgehungsstraße drang Stimmengewirr herüber, - das war", er überlegte, zögerte: „Vor zweiundzwanzig Jahren. Da hörte ich den schrillen Klingelton von der Toreinfahrt. Die Hunde schlugen an. Ich hatte auf die Uhr geschaut: Eine ungewöhnliche Zeit." Die kleinen dunklen Augen in Paul Krummbiegels Gesicht – hilflose Angst? Rolf schaffte es nicht mehr, sich wegzudenken. Die Zeiger der Uhr über der Theke rückten wie ein großer Gummiknüppel auf die Zwölf.

„Ich musste also heruntersteigen von meinem Turm. Schwere langsame Schritte. Mit fünfzehn Schritten schaffte ich es gewöhnlich zum Tor. Ich überlegte, ich konnte die Schritte verdoppeln. Eine Zeitverzögerung. Ich höre noch heute das Klack, klack und den Widerhall meiner Stiefel. "

Sein Gegenüber redete weiter, reihte die Worte aneinander und schaffte keine zusammenhängenden Sätze mehr: „Der große kalte Schlüssel … Die eiserne Kette, der Riegel, das Tor, die Sprechanlage, die Kamera … Hatte 'nen Lkw vermutet. Da war aber Licht, ganz viel Licht. Ein Meer von Kerzen. Menschen. Lichterketten und ein Transparent. Buchstaben, Sätze, irgendetwas wie: *Freiheit* und *lasst sie raus,* und eine große, kräftige Frau löste sich aus der Menschenmenge und gab mir ihre Kerze. Sie murmelte ein paar Worte, die ich nicht verstand …", seine Stimme kam ganz tief aus ihm heraus, irgendwo aus einer Gegend, wo eigentlich keine Stimme saß.

„Ich kann die Kerzen nicht vergessen! In der Nacht kommen sie auf mich zu, immer und immer wieder. Die Kerzen sammeln sich zu einem lodernden Feuerhaufen. Die Menschen trampeln über mich hinweg und schreien: Lass die Gefangenen raus! Sie stürzen zu den vergitterten Fenstern, klettern hinauf, hängen wie dunkle Kraken am Gemäuer und rufen: Wir holen euch da raus! Ich versuche aufzustehen und will meine Waffe zücken, aber sie ist zu einem Spielzeuggewehr geschrumpft. In der Hand spüre ich einen Krampf. Meine Krallenhand hat etwas Glattes, Warmes gefasst, es ist eine Kerze. Ich fühle die Wärme, das Wachs in meiner Hand, und im Rücken das kalte Metall des Gefängnistores.“

Er kippte Bier in sich hinein und seine Stimme glitt hinüber zum Jargon der Straße: „Kennste det, wenn 'de läufst und läufst wie 'nen mechanisches Spielzeug, plötzlich is Schluss, da fällste auf 'de Nase, da sind 'de Batterien leer. Schon wirrste wieder nich mehr jebraucht.“

Auf einmal schien dieser Obdachlose in die Gegenwart zurückgekehrt und zeigte auf sein leeres Glas. Fünf Biergläser und zwei Glas Rotwein trennten die beiden Männer voneinander, und ein riesiger Graben zwischen Krummbiegels Lebensgeschichte und der seinen.

Stunden, zugeschüttet von Worten. Die glasig rotgeränderten Augen von Paul Krummbiegel klappten ruckartig zu, der Kopf fiel auf die Tischplatte und ein dröhnendes Schnarchen ließ die leeren Gläser vibrieren. Rolf stand auf, legte einen Zehneuroschein unter Pauls Bierglas, ging zum Kellner an die Theke und bezahlte seinen Wein.

Rolf lief mit langsamen Schritten durch die Nacht, eingetaucht in das dumpfe Gelb der Straßenlaterne. Er tappte auf der Bordsteinkante entlang von Laterne zu Laterne, wie auf einem Faden, der sich langsam Schritt für Schritt abwickelte.

Er sah die schwarze Häuserfront vor sich.

In einer Etage brannte Licht.

Ein warmes, strahlendes Licht. Julia.

Sommer am Balaton

Das Haus, in dem sie untergebracht waren, lag auf einem kleinen Hügel unweit des Balaton. Man hatte einen Blick auf die Weite des Sees. Die Sonne schien Tag für Tag von einem wolkenlosen Himmel und war schon am Morgen eine feuchte warme Hülle.

Studententreffen in Ungarn. Lange Abende am Lagerfeuer. Lachende Gesichter im tanzenden Licht der Flammen. Warme Sommernächte und Gitarrenmusik. Das war Ungarn.

Und wenn das Feuer langsam in sich zusammenfiel, die Holzscheite nur noch glimmten, bekam jeder einen mit einer Speckscheibe bestückten Spieß, der über der Glut gedreht wurde. Sobald der Speck zu tropfen begann, ließ man das Fett auf ein dickes Stück Knoblauchbrot träufeln. Das zu Zweidrittel verbrutzelte braune Speckstück war ein letzter kleiner Leckerbissen.

Hier hatte er sie kennengelernt. Sie fiel jedem auf mit den großen, meerblauen Augen, die verführerisch leuchteten. Sie war schön, mit ihren langen blonden Haaren, die spielerisch im Wind wehten - Ingrid.

An einem der ersten Abende – der Mond stand groß und hell über dem See und das bewaldete Ufer spiegelte sich im Wasser wie ein Scherenschnitt – ließ sie sich neben ihm im Gras nieder. Sein Herz stand einen Moment lang still, als sie sich an ihn lehnte. Ingrid begann als erste zu reden. Sie sprachen miteinander, und es gab so vieles, über das sie reden konnten. Sie hatte so eine anmutige Art, beim Lachen den Kopf in den Nacken zu werfen und irgendwann spürte er ihre Lippen auf seiner Haut …

Die Kommilitonen beneideten ihn, witzelten mit anzüglichen Bemerkungen, neckten und foppten ihn. Er tauchte in eine Strömung ein, die ihn langsam mitriss und für seine Umwelt unempfindlich machte.

An einem der Nachmittage, die Mädchen waren zum Einkaufsbummel unterwegs, hatte sich Rolf an den Strand zurückgezogen, an eine Stelle der Erinnerung.

Er legte sich in den warmen Sand. Die Sonne brannte auf ihn hernieder. Als er die Augen schloss, das Kreischen der Vögel und das Lachen der Kinder hörte, sah er sich als Kind mit Ferenc Puskás an einer Sandburg bauen. Ihre Stimmen flogen darüber – deutsche und ungarische Worte purzelten aufgeregt durcheinander. Die Eltern lagen im Sand auf einer Decke unter dem Sonnenschirm, wo die flirrende Hitze sie wie eine unsichtbare Mauer umgab. Manchmal schaute die Mutter hinter ihrem Buch hervor:

„Eure Burg wächst ja bis in den Himmel!"

Jetzt waren zwölf Jahre vergangen.
Sein Freund Ferenc war hinzugekommen, hatte sich neben ihn gesetzt und sie schauten gemeinsam aufs Wasser, das bleiern, wie eine große dunkle Glasfläche vor ihnen lag. Die Luft flirrte auf dem See und in der Ferne mühte sich ein Segler vergeblich, in das weiße große Tuch Wind einzufangen.

„Willst du Schlüssel zu Wohnung von mir? Eine Nacht, ganz allein mit Ingrid? Ich kann möglich machen es." Ferenc konnte inzwischen fast fließend Deutsch sprechen. Er ließ den heißen Sand unruhig durch seine Hände rieseln. Und, als müsste er diese eben gestellte Frage schnell aus der Luft wieder zurückholen, sagte er: „Weißt du noch? Unsere Burg stürzte immer wieder ein und jeden Tag begannen wir neu mit Bauen von Burg." Sein Lachen flog über den Sandstreifen.

Rolf war verunsichert. Vom ersten Tag der Begegnung, hatte Ferenc ein Auge auf Ingrid geworfen. Rolf war das nicht entgangen. Ingrid genoss offensichtlich ihre Wirkung auf Ferenc. Für ihn musste das Verlieren schmerzhaft gewesen sein.

Als er Rolf den Schlüssel reichte, war er ganz Freund und Gastgeber.

Der vorletzte Abend.

Rolf hatte sich in der Stadt mit seinem Cousin aus dem Westen getroffen. Bis in die Nacht hinein saßen sie in einem Kneipchen, tranken und diskutierten.

Er hatte gefragt, wie denn im Westen so der Arbeitsmarkt aussähe, wie die Chancen seien, eine Stelle zu bekommen. Verdienstmöglichkeiten interessierten ihn und die Aufstiegschancen. Rolf hatte Fragen gestellt und sein Cousin hatte geantwortet. Fragen - Antworten, von einem zum anderen. Ein Hin und Her. Doch hatte keiner eine Vorstellung von dem, wie der andere in seinem Land wirklich lebte. „Ich möchte nicht in der Enge unseres kleinen begrenzten Landes versauern!" Der Cousin steckte ihm für „alle Fälle" eine Adresse zu. Sie vereinbarten einen Telefoncode. Worte. Sätze. Unverfängliches. Es war spät geworden. Rolf hatte sich leise und möglichst unbemerkt in seine Behausung geschlichen.

„Wo warst du? Ich habe dich vermisst." Ingrid empfing ihn am darauf folgenden Morgen und fixierte ihn mit hochgezogenen Augenbrauen.

Rolfs Stimme stolperte leicht: „Ich wollte allein sein."

„Allein sein?" Ingrids Stimme wechselte so schnell wie eine Fußgängerampel von grün auf rot. „Das glaubst du doch selbst nicht!" Sie verschluckte weitere Fragen und er liebte sie dafür …

Der letzte Tag.

Ein letzter Gang zu zweit am Strand entlang. Die vergangenen Sommertage reihten sich aneinander wie glänzende, pralle Perlen. Eine letzte wartete aufgefädelt zu werden.

Glänzend? Etwas lag in der Luft. Eine Staubschicht, die sich auf ihre Gefühle gelegt hatte.

Die Sonne brannte unbarmherzig. Dunkle Schatten liefen vor ihnen her – groß und lang. Sie wuchsen und wuchsen, wurden kleiner und schrumpften auf menschliches Maß. Kleine harte Grashalme, durch den Sand hervorgekämpft, kitzelten an den Beinen. Am Ufer überschlugen sich die Wellen, liefen aus und wischten über den breiten festen Sandstreifen. Rolf bückte sich nach einem bunten Schmetterling, flügellahm und nass saß er im Sand. Er legte ihn behutsam auf seinen Ellenbogen und ließ ihn bis hin zu seinen Fingerspitzen taumeln. Ein kurzes Innehalten, dann flog der Schmetterling auf die Wasseroberfläche: „Du kleiner dummer Falter. Du fliegst in deinen Untergang." Er schaute zu Ingrid, die neben ihm stand, und doch ganz woanders war. Er sah das Licht auf dem Seidenglanz ihrer Haare, legte den Arm um sie und spürte, dass er irgendetwas falsch machte.

Das Schweigen hatte keine Farbe mehr, es ging eine Spannung von ihm aus. Sie drehte sich mechanisch eine Haarsträhne um den Zeigefinger und blieb stumm.

Am Abend ein letztes Lagerfeuer.

Ein letzter Speck am Spieß und viel Zuspruch für den Palatschinken, den der Vater von Ferenc gebraten hatte. Eine heiter, ausgelassene Stimmung. Der selbst gebrannte Palinka hatte seinen Anteil daran. Ingrids Blick streifte ihn, als sie kraftvoll in einen zusammengerollten Palatschinken biss. Dann doch noch, das unhörbare Flüstern einer Zärtlichkeit. Sie lag, Mund und Finger noch klebrig, plötzlich in seinen Armen. In dieser Umarmung war Liebe und auf seinem Hemd ein süßer großer Fleck von Orangenmarmelade.

Ein sternenübersäter Himmel vereinigte sich irgendwo in der Ferne mit dem See. „Wo ist der große Wagen? Siehst du ihn?" Rolf hatte Ingrids Mund vor sich und suchte in ihren Augen nach einem Sternbild. „Ein Sternenwagen. Mit dem fahren wir in die Welt hinaus. Weit weg von allen Zwängen", sagte er.

Ingrid hielt ihre Hand auf seinen Mund und in ihren Augen flackerten zwei helle, kalte Sterne.

Das Holzfeuer fiel langsam zusammen, die Flammen duckten sich im Schein der glimmenden Scheite. Nach und nach verschmolz ihr Gesicht mit der Dunkelheit.

Das neue Semester lief träge an. Im Prorektorat für Studienangelegenheiten drängten die Studenten vor den Aushängen, um in ihre neuen Studienpläne einsehen zu können. Eine Unterschriftensammlung sorgte für Aufruhr in den Studentenreihen. „Unterschreibst du das?"

„Wenn du nicht unterschreibst, kannst du gleich nach Hause gehen, dann ist dein Studium passé!" Rolf wusste wieder einmal von nichts. Er träumte sich durchs Unigelände, bis schließlich einer aus der Seminargruppe ihn warnte: „Du kommst um diese Unterschriftenliste nicht herum!" Seltsam, als Rolf in dem kalten unfreundlichen Raum des Sekretariats stand, diskutierte man mit ihm, ob er denn weiter studieren wolle, es gäbe doch auch Fachschulen. Warum das? Mitten im Studium? Rolf Muray war einer der besten seines Semesters.

Nun stand er mit dem Stift in der Hand vor einem Blatt Papier: *Ich werde, wenn nötig, mit der Waffe in der Hand mein Vaterland gegen den Klassenfeind verteidigen!*

Wie kleine Monster tanzten Buchstaben vor seinen Augen und er dachte an seinen Großvater, hörte seine Stimme: *Vaterland. Waffe. Klassenfeind.* ... Als Kind hatte er hinter Großvaters dröhnendem Bass Gewehrschüsse und die Bomber auf das Feld hageln hören.

Und vor einem Jahr hatte er nächtelang am Krankenbett des Großvaters gesessen, seine Hand gehalten, die verkrüppelten Finger. Der kleine rundliche Kopf lag in den Kissen, von einer grauen Wolke umkränzt. Eine müde Haut unter gebrochenem Blick. Das Kinn hing schlaff. Die flache Atmung, das Röcheln - der Großvater hatte den Kampf aufgegeben. Einundneunzig, da darf man sterben, hatte er gesagt. Und hatte in einer der letzten Nächte dem Enkel mit brüchiger Stimme seine Geschichte erzählt:

Dumpfes fremdes Stimmengewirr drang an mein Ohr. Polnische und russische Laute. Hagelkörner, eiskalt auf meiner Haut. Mit dem Gewehrkolben im Genick wurde ich am Gutshof vorbei getrieben. Die Trecks hätten mich stutzig machen müssen …. Pferdewagen, Handwagen, schwer beladen mit Stoffbündeln und Menschen. Wohin schleppten diese Menschen sich?

Irgendwann hörte ich aus der grauen Elendskarawane ein deutsches Wort. Eine Frau aus dem Treck rief: Wo willst du hin, Soldat? Du läufst in die falsche Richtung!
An der pommerschen Ostseeküste wartet meine Frau mit dem Kind auf mich, ich zeigte gen Osten. Die Frau schaute mitleidig. Ich hatte immer noch nichts begriffen …
Und da war es auch schon zu spät: Dawai, dawai! *Der harte Klang des Basses in meinem Rücken, ein Knirschen von Stiefeln im Schnee und das kalte Metall im Nacken, so wurde ich angetrieben, hin zum Scheunentor. Worte drängten sich in meine Gedanken - neue Worte. Sie versuchten Wurzeln zu schlagen in meinem Gedächtnis, um die alten Wörter zu tilgen, die dort noch waren: Krieg, Tod.*

Ich hätte die zerschlissene Uniform ablegen sollen, aber wie? Frauenkleider von einer Toten am Wegesrand? Bisher war ich nur bei mir und meinen Gedanken an Frau und Kind gewesen: Ich muss zu ihnen. Sie warten!

Das Kind, wie alt wird es sein? Ein Viertel Jahr oder ein halbes? Es hat Deine Augen und Dein Lachen, so schrieb sie, meine Frau. Die Feldpost hatte mich noch in der Normandie erreicht, genau an dem Tag, da eine Granate direkt neben mir im Schützengraben meinen Kameraden tödlich getroffen hatte. Einen Monat später war der Krieg vorbei. Vorbei? Gefangenenlager: Salaud –cochon – nazi, *französische Laute, die mich trieben. Tage, Wochen, Monate vergingen. Ich lag oft des Nachts unter einem Baum hinter dem Lager und dachte an sie, meine große Liebe – eine schnelle Kriegsheirat, um sich dann wieder trennen zu müssen. Der Himmel schwebte wie eine mit Lichtpunkten durchflutete Glocke über mir. Die Sterne schienen greifbar nahe, das zart leuchtende Band der Milchstraße – nur ein Gedanke umkreiste mich und legte immer engere Ringe umeinander. Die Gewissheit, dass wir aneinander dachten: Wenn du zum Himmel schaust, die Sterne siehst, die Milchstraße – sie bringt uns einander nahe, ganz nahe zueinander! Irgendwann hatte die körperliche Erschöpfung die Erschütterungen meines Gefühlslebens besiegt. Irgendwann, es war im Herbst, dem ersten nach Kriegsende, durfte ich zu den Heimkehrern gehören.*

Drei Wochen war ich unterwegs gewesen, durch zerbombte Städte und niedergebrannte Dörfer. Zu Fuß. In dem zerstörten Stuttgart fuhr - welch ein Wunder - ein Zug, der mich, auf dem Trittbrett hängend, ein Stück gen Osten brachte. Mit leerem Magen und zerschundenem Körper war ich bis dorthin gekommen. Meinen Hunger betäubten Halluzinationen – Gedanken, vergessen geglaubte Worte. Frieden, Liebe, was bedeuteten diese Worte eigentlich? Ich wusste es nicht mehr. Krieg, die Vokabel war noch immer da. Ich versuchte sie herunterzuschlucken. Das Wort sperrte sich, verkeilte sich und steckte noch fest in meiner Kehle. Mit diesem Kloß im Hals und dem Gewehr im Genick schleppte ich meine zittrigen Beine vorwärts.

Ich dachte an den toten Kameraden im Schützengraben, es hätte schon damals auch mich treffen können. Die Spanne Zeit, die nun dazwischen lag … Dawai, dawai.

Jetzt war ich dran. Ich hätte gern noch einen Abschiedsbrief geschrieben und ihnen gesagt, wie sehr ich sie lieb habe, Frau und Kind. Ich ließ meine Tränen ohne Gegenwehr auf den Boden tropfen, stolperte über Steine und Baumwurzeln an dem barbarischen Gelächter der Sieger vorbei.

Zur Scheune wurde ich getrieben, an toten Kameraden vorbei, hinter das große Tor. Dort herrschte Stille und in den Holunderbüschen zwitscherten die Vögel. Plötzlich war der kalte Gewehrkolben zur Seite geknickt und eine

Hand berührte meine Schulter. Eine kleine vorsichtige Drehung. Auge in Auge. Eine Sekunde? Oder mehr? Ein russischer Kamerad, tiefe Gräben unter den blauen Augen. Ein kluger, warmer Blick. Aus welcher Tiefe kam das Licht?

Njet Ost, nitschewo Deutsch, *und er zeigte mit dem gespreizten Daumen hinter sich.* Zurück, choditsch! Verstehen? Du zurück! *und stupste mich in westliche Richtung. Es ging alles ganz schnell. Ich rannte einfach los und zuckte zusammen, als in meinem Rücken zwei Gewehrschüsse krachten. So ist es also, wenn man stirbt. So ist der Tod. Man spürt gar keine Schmerzen! Ich wollte niederstürzen, aber in meinem Körper war Leben. Welch ein Wunder. Ich stand da – aufrecht – nur meine Knie waren weich und mein Körper zitterte. Als ich mich noch einmal umdrehte, sah ich den Russen mit dem Gewehr in die Luft schießen, der Kamerad schaute zu mir und winkte.*

Wie ich in die mecklenburgischen Wälder kam, weiß ich nicht mehr. Auf einem Bauernhof am See hatte ich sie gefunden. Die Frau und das Kind. Durch Zufall, sagten die einen. Ein Wunder, dachte ich.

Nie wieder Krieg! Nie wieder eine Waffe in der Hand! Dieser Losung schloss ich mich an, als es hieß: Auferstanden aus Ruinen und der Zukunft zugewandt …, denn ich glaubte an Wunder. Antifaschistische Schutzwälle, wieder Waffen … Da war mir mein Glaube abhanden gekommen.

Eine einsame Träne tropfte auf Großvaters Kopfkissen.

Eine letzte …

Schwarze Augen schauten unter dunklen Brauen, der schmale Mund ein gefrorenes Lächeln: „Sie müssen das nicht unterschreiben, das ist allein Ihre Entscheidung.“

Rolf hatte etwas zu lange gezögert.

Eine Unterschrift unter ein Stück Papier, unterschreiben, akzeptieren, anerkennen. Eine Willenserklärung, einmalig und unwiderruflich. Rechtsverbindlich?

Während er mühsam aus seinen Gedanken an die Oberfläche fand, verließ Rolf das Unigelände mit einer ungewohnten Weichheit in den Beinen und einem Schuldgefühl, nicht ahnend, dass sich auch ohne diese Unterschrift alles ändern und er vier Wochen später wieder im gleichen Raum, an gleicher Stelle, mit eben dieser Weichheit in den Beinen stehen würde. „Wir müssen Sie zur Klärung eines Sachverhaltes mit auf unsere Dienststelle nehmen." Vor ihm saßen der FDJ-Sekretär, sein Studienleiter und ein Herr im dunklen Anzug.

Als Rolf Muray – Student der Medizin im fünften Semester – von dem Herrn im Anzug an die Schultern gepackt, nach draußen geführt wurde, meinte er, Ingrid in einem der auf dem Vorplatz parkenden Autos erkannt zu haben …

„… auf unsere Dienststelle mitnehmen", bedeutete Untersuchungshaft.

Sehr viel später klärte sich für ihn alles auf.

Worte dröhnten in seinem Kopf wie Meereswellen, die, vom Sturm gepeitscht, gegen die Steine klatschten: „Republikflucht", „Ungarn", „Westkontakt".

Rolf hatte irgendwann dem Martyrium der Verhöre nicht mehr standhalten können.

Er wurde aus der Untersuchungshaft entlassen und wenn seine Gesichtsmuskeln noch zu einem menschlichen Ausdruck fähig gewesen wären, hätte er gelächelt: Es gab eine Unterschrift – er stolperte nicht einmal mehr über dieses Wort – die schwerwiegender war …

Beim Verlassen der Haftanstalt parkte vor dem Eingang wieder das Auto … Ingrid!

Sie empfing ihn mit offener Wagentür. „Steig ein!"

Er spürte ein Brennen unter den Augenlidern. „Ich fahre dich nach Hause." Sie sah wohl das andere Auto und sagte schnell: „Treffen wir uns morgen am Abend bei mir?"

Rolf fehlten die Worte, die normalen, einfachen Worte. Verlernt.

Sein Vater stand vor ihm, lud ihn in sein Auto und fuhr mit ihm nach Hause.

Als Rolf längst wusste um die Dinge, hatte noch einmal sein auf Überleben getrimmter Verstand wie mit einer Guillotine den Kopf vom Bauch getrennt: Er lag in Ingrids Armen. War es immer noch Liebe? Ihre Schönheit? So schön war sie inzwischen nicht mehr. Sie hatten am Abend bei einem Glas Wein zusammen gesessen. Der Wein war gut. Ingrid roch nach einem teuren Parfüm. Sie lehnte sich an ihn, dann zog sie sich aus …

„Jetzt schlafen wir nicht nur, jetzt arbeiten wir auch zusammen", durch ihre halbgeöffneten Lippen flatterte ein abfälliges Lächeln.

Sollte er sie hassen? Liebe? Er wusste nicht mehr, was das war. Als sich Rolf gegen Morgen von ihr abwenden wollte, wagte er einen letzten Versuch:

„Wir sitzen beide in einem Boot. Ich weiß jetzt, wie man in diese Fänge gerät. Wir könnten abhauen …" Und dann hatte sie ein bisschen geweint mit ihren großen blauen Augen. Sie hatte sich ganz dicht an ihn gekuschelt.

… die Liebe hatte ihn blind gemacht.

Die Lüge

Seit dem Morgen regnet es ununterbrochen.
Die grauen Fassaden der Häuser sind vom Regen fast schwarz. Das erhellte Fenster der Poststelle hätte darin wie eine friedliche Insel leuchten können, aber es wirkt auf ihn wie eine langsam züngelnde Flamme, die sich in Kürze zu einem gefährlichen Feuer ausbreiten kann.

Windgepeitscht, Regen im Gesicht betritt er die kleine Post – ein unfreundlich düsterer Raum. An der Längswand im Großformat das Bild des Staatsratsvorsitzenden, dem Oberhaupt und Regenten des Landes.
Es riecht nach Beamtenstube. Ein Gemisch aus Stempelfarbe, zähflüssigem Büroleim, frisch gebohnertem Linoleum und verstaubten Akten. Er klappt seinen Schirm zusammen, stellt ihn in einen dafür vorgesehenen Plasteimer und geht an den Schalter.

Hinter einer groben, zirka einen Meter hohen Holzabtrennung sitzt die Postangestellte. Ihr aschfahles Gesicht wirkt, als wäre es aus zwei verschiedenen Hälften zusammengesetzt. Kräftige Wangenknochen, die stark hervortreten, die Nase ein steiler Grat.

„Sie wünschen?", und schaut bei dieser Frage auf etwas Papiernes vor ihr. „Ein Gespräch in den Westen, bitte!"

„Ins kapitalistische Ausland", korrigiert ihn die Angestellte. „Verwandtschaft?", fragt sie mürrisch. „Zweiten Grades", antwortet er mit unsicherer Stimme. Die Dame schreibt etwas in einen Aktenordner und notiert die Telefonnummer.

Es ist ihm bekannt, dass es lange dauert, ehe es zu einer Verbindung kommt. So hat er sich den ganzen Tag frei genommen.

Er setzt sich in den Eingangsbereich auf die wacklige Holzbank und wartet.

Vor ihm ist ein beichtstuhlartiger, dunkler Kasten – seitlich ein weißes Emailleschild mit der roten Aufschrift: Öffentlicher Fernsprecher!

Öffentlich, denkt er, treffender kann es nicht sein! Man ist diesem dunklen Gehäuse gänzlich ausgeliefert.

Sollen sie doch gleich dazuschreiben: *stasiüberwacht*, so geht es ihm wütend durch den Kopf. Er starrt auf die Telefonzelle. Und immer wieder auf seine Uhr – viertelstündlich - halbstündlich.

Seine Augen wandern von dem Holzkasten über die schmucklose graue Wand zum Fußboden.

Die Ellenbogen auf die Oberschenkel gestützt, den Kopf mit beiden Händen haltend, hat er jetzt nur noch den Fußboden als Zeitvertreib. Als Kind konnte er stundenlang auf die Fliesen starren und irgendwann, wenn das Muster anfing vor seinen Augen zu verschwimmen, tauchten geheime Schriftzeichen aus dem Küchenboden auf. Jetzt stehen seine Füße auf brüchigem Linoleum, das ein mäanderbandartiges Muster trägt – ein Labyrinth ohne Ausweg. Er muss sich zwingen, den Blick davon zu lassen. Dieses Labyrinth droht ihn wahnsinnig zu machen. Die Wartezeit ist zermürbend.

Um seinem aufgewühlten Inneren Ruhe einzuflößen, träumt er sich hinüber …

Die wenigen Schritte, von der großen Treppe über die verkehrsarme Straße auf die gegenüberliegende Seite, schaffte er immer unbeschadet. Ein kurzer Blick zur Gruppe der Jungen, die auf einen Schulkameraden einschlugen, und schon war er an der Haustür. Die Nähe zur elterlichen Wohnung – manchmal schaute die Mutter schon aus dem Küchenfenster – bot ihm Schutz. Kaum hatte er die Haustür erreicht, stürzte er die Treppen, zwei auf einmal nehmend, nach oben. Er betätigte den Klingelknopf und lag augenblicklich in Mutters Armen, spürte ihre Wärme und atmete den Duft ihrer Haare. Schmale, sanfte Lippen, darüber ein gütiger Blick, der jederzeit unter den dunklen Augenbrauen fröhlich aufflammen konnte.

Keiner von denen da unten hatte eine Mutter, die zu Hause war, wenn er aus der Schule kam. Manchmal roch es süß und satt nach Kuchen …

„Na, Junge, wie war die Schule?" Immer die gleiche Frage, die er mochte. Und dann konnte er die Mutter mit Worten zuschütten. Er ließ alles aus sich herauspurzeln. Worte, Fragen, die er dort draußen verschlucken musste.

Fragen zu stellen und die Lehrer mit Fragen zu bedrängen, hieß, sie aus ihren vorgeschriebenen Bahnen zu werfen. Es gab nur Antworten. Antworten über Antworten. Zwei Sprachen und man musste sorgfältig die eine von der anderen trennen. Schulsprache – Muttersprache.

Nachmittags saß er oft mit der Mutter in seinem kleinen Zimmer – er bei den Hausaufgaben und sie an der Schreibmaschine. An Mutters Ohren klebten Kopfhörer und ihre Augen schauten auf die Tastatur, als gäbe es darauf eine geheime Botschaft zu entdecken. Ein konzentrierter, starrer Blick, der sich mit den Worten, die das Diktiergerät ausspuckte, zu verheddern drohte.

Am Abend, wenn die Mutter die Kopfhörer energisch zur Seite gelegt hatte, half er ihr bei den Vorbereitungen des Abendessens, und beide warteten auf den Vater.

Einmal in der Woche brachte die Mutter das Geschriebene in einer prallgefüllten Aktentasche ins Sekretariat des Krankenhauses. An diesem Tag war er *Schlüsselkind* – wie die anderen.

Der Wohnungsschlüssel baumelte an einem grünen Band vor seiner Brust und die Brotbüchse war mit einem Extrawurstbrot gefüllt.

Wenn die Mutter mit neuer Schreibarbeit in der Tasche nach Hause kam, hatte sie Bäckerkuchen dabei. Sie legte den ganzen Arbeitskram auf den kleinen Schreibtisch und kochte ihm Kakao. Süß war der Geschmack des heißen Getränks, süß die Streuselschnecke.

Doch das war nicht immer so.

Von dem Tag an, da er das grüne Schlüsselband im Schulranzen verstaut hatte und sein Schulkamerad ihn drängte mitzugehen, von da an hatte sich zwischen Mutter und Sohn etwas verändert.

Der Spielzeugladen war gleich an der Ecke und ... so geschah es ... er hatte sein ganzes Taschengeld geopfert ...

Am späten Nachmittag – er hörte nicht, wie die Wohnungstür aufgegangen war und die Mutter den Schlüssel ans Brett gehängt hatte. Er kniete auf dem Fußboden vor seinem neuen Panzerfahrzeug, seine Augen waren auf das Kanonenrohr gerichtet. Klaus hatte ihm gezeigt, wie man den Kapitalisten ortet ...

Vielleicht hatte er zu laut „Peng, peng – peng" gerufen? Eine harte fremdartige Stimme flog ihm um den Kopf und nur sehr langsam schleppten sich seine Gedanken aus dem feindlichen Lager. Die Mutter lehnte am Holz der Küchentür, die steile Falte über der Nasenwurzel und ein vor Anspannung bebendes Kinn, verrieten nichts Gutes. „Den hat mir Klaus geschenkt, damit kann man den Klassenfeind besiegen." Mutters Gesicht wurde ein tief hängendes dunkles Gewölk. Sie blieb stumm. In der Küche war es so still, dass man den Kühlschrank flüstern hören konnte.

An diesem Nachmittag schmeckte die Streusel-schnecke nicht und der Kakao war bitter.

Abends in seinem Bett hörte er auf die Geräusche im Flur, sah die gerafften Halbgardinen, die wie müde Tränensäcke an der Wand Schatten warfen. Sein Herz klopfte vor Anspannung. Als er endlich im Flur die Stimme des Vaters hörte und die Mutter ihre Stimme wiedergefunden hatte, drangen Wortfetzen an sein Ohr: „Spielzeug", „Kanone", „Panzer", „Krieg". Das war es also, was die Mutter stumm und traurig gemacht hatte. Krieg ist etwas Schlimmeres als Lügen? Diese Lüge, sie war ihm so erstaunlich leicht aus dem Mund gepurzelt.

Danach ging alles ganz einfach: Pioniertuch, das Blauhemd, die Deutsch-Sowjetische Freund-schaft.

Endlich war er mittendrin. Er hatte sich eine zweite Haut zugelegt.

Die Eltern sprachen von Pubertät.

Das Klingeln des Telefons lässt ihn zusammen-zucken und in die Gegenwart zurückkehren.

Er schaut ängstlich zum regennassen Fenster, wo große Tropfen an langen Fäden unaufhaltsam herunter fließen und denkt: Unpassenden Worte der Tarnung – konnte uns damals denn nichts anderes einfallen? In seine Bangigkeit mischt sich Ärger.

Vor einem Jahr hatte er sich in Ungarn mit seinem Cousin und dessen Freunden aus München getroffen, hatte ihnen von sich und seiner Welt im Osten erzählt. Sie fanden ihn toll, wie er sein Doppelleben führte:

Er lebt in dem Lügengespinst einer Diktatur, wo es, wollte man vorwärtskommen und Karriere machen, nur darauf ankommt, dass man gut lügt.

Parolen, Losungen, Worte, die er gehorsam proklamierte, mit denen er in der Schule gut ankam. So schaffte er es mit Leichtigkeit zum Klassenbesten und zur Aufnahme an der Universität. Er bekam einen Studienplatz. Man versprach ihm große Chancen für eine exzellente Laufbahn.

Trotz aller Bewunderung fanden seine westlichen Freunde ihn irgendwie unfrei, weltfremd, umgeben mit einem engen Horizont. Sie diskutierten mit ihm bis in die Nacht hinein: „Was ist Freiheit?“ *Freie Deutsche Jugend* – Ausgrenzung, wenn man nicht dazu gehörte. „Was ist daran frei?“ Seine Sicherheit, sein Selbstbewusstsein begannen zu bröckeln. Die Gesprächsfäden wurden dünn und drohten zu reißen.

„Mensch, hau doch ab! Bei uns hast du alle Freiheiten.

Wir helfen dir dort rauszukommen!"

„Nun, so schlimm ist es nicht, so ist die Lüge eben, hilfreich und verwerflich, notwendig und abscheulich – ich habe gelernt, damit zu leben."

Und ihr? Lebt ihr ohne Lüge? Wo und wann mogelt ihr euch durchs Leben? Diese Fragen lagen ihm damals auf der Zungenspitze, aber die Wörter hatten sich irgendwie nicht zusammensammeln lassen.

„Wenn du mal Hilfe brauchst, melde dich. Ruf an und sage …, ja was könnte er sagen? Es muss etwas Unverfängliches sein!" Sein Cousin hatte dann plötzlich diese Idee mit dem Wetter: „*Bei uns ist schönes Wetter, die Sonne scheint!* Bei diesen Worten wissen wir dann Bescheid und lassen unsere Beziehungen spielen."

Wie blöd auch! Wie unüberlegt und naiv. Ängstlich sieht er immer wieder, an der mürrischen Postfrau vorbei, zum Fenster und wünscht sich nur einen kleinen – einen winzig kleinen Sonnenstrahl. Aber es regnet.

Auch eine weitere Stunde der Wartezeit würde wohl kaum etwas am Wetter da draußen ändern. Jedoch, dieses Telefongespräch muss sein. Heute – jetzt. Er muss hier raus – schnell, sofort! Man hat ihn unter Druck gesetzt. Seine Identität ist ihm schmerzlich abhanden gekommen, und jeder Tag, der verstreicht, erweitert den Riss wie einen Messerschnitt durch seine Seele.

Ein Teil von ihm wird fremdbestimmt. Er flicht sich wie ein Draht durch seinen Körper. Bei einem Treffen mit seinen Dozenten in einer Kneipe waren ihm unkontrollierte Worte entschlüpft: „Eine Demokratie ist unser Staat nicht" und „… da liegt noch vieles im Argen". Danach waren alle still – peinlich, bedrohliche Stille. Das Schweigen lag wie ein engmaschiges Netz über ihm. Er war urplötzlich mit einem Schlag nüchtern geworden und spürte einen seltsamen Druck in der Magengegend.

Seit dieser Zeit schaute man ihn so verdächtig von der Seite an, distanzierte sich von ihm, und vor einigen Tagen fand er eine Kündigung seiner Assistentenstelle im Postkasten.

Jetzt liegt ein Einberufungsbefehl zur Armee auf seinem Schreibtisch: Grundwehrdienst an der innerdeutschen Grenze. Und: Rekrutierte hatten Westkontakte umgehend abzubrechen!

Er sieht sich entlang des Grenzkontrollstreifens patrouillieren, bewacht von einem fremden Kumpel – waffenbestückt. Schießbefehl.

Eine Verweigerung würde Gefängnis bedeuten.

Endlich das Telefon! Er spürt das Schlagen seines Herzens, das dumpf und heftig in seinem Brustkorb tobt und zu zerspringen droht.

„Ihr Ferngespräch!", kommt es mit unfreundlich barscher Stimme aus dem Hintergrund.

Die Postangestellte zeigt mit weit ausholender, nervöser Handbewegung ungeduldig in Richtung Telefonzelle, als müsse sie in Sekundenschnelle seine lange Wartezeit abarbeiten. Er stürzt in die Zelle, tastet sich im Dunkeln – die Lampe flackert nur einmal kurz auf – an den schwarzen Telefonhörer.

Ein Knacken, eine ferne Stimme, als käme sie aus Sibirien: „Hallo! Hallo? Hier ist Rolf!" Die Worte sitzen ihm im Hals wie geschwollene Mandeln.

Ein Rauschen, nochmaliges Knacken: „Hallo, Rolf! Schön dass du anrufst …"

„Hallo, Dieter. Ich gratuliere dir noch nachträglich zu deinem Geburtstag. Alles Gute."

Nochmaliges Knacken im Apparat: Wie viele Abhördrähte haben die denn?

„Danke, danke. Wir hatten eine schöne Geburtstagsfeier, viele Gäste. Und wie geht es dir?"

Schöne Feier, viele Gäste, denkt er. Wie schnell Dieter doch kapiert hat. Er weiß nicht einmal, wann Dieters Geburtstag ist – da muss er sich bessern!

„Danke, mir geht es gut."

Pause.

Jetzt – jetzt muss es raus. Die Worte zappeln in seinem Mund: „Bei uns ist schönes Wetter, die Sonne scheint!" Mit fester Stimme hat er die bedeutungsvollen Worte von sich gegeben. Er holt tief Luft und wagt jetzt besser keinen Blick durchs Fenster nach draußen.

Dieter erzählt von sich und seiner Arbeit, seiner Freundin, seinen Hobbys. Unverfängliches, Banales. Dann ein:

„Bis bald mal wieder! Machs gut alter Junge!"

„Tschüß", und wieder das Knacken in der Leitung.

Das Gespräch ist beendet.

Draußen patscht der Regen gegen die Fensterscheibe.

Indem er die Telefonzelle verlässt und sein Telefongespräch bezahlt, ist da wieder dieser Druck in der Magengegend, eine Weichheit dringt in seine Knie, als zögen sich die Muskeln aus seinem Körper zurück und seine Hände zittern. Hat die Postangestellte mitgehört? Und was?

Er verlässt die Poststelle.

Eine dumpfe, fast greifbare Unruhe umgibt ihn. Es ist nicht nur die nachträgliche Angst um all das, was hätte passieren können, sondern die Befürchtung, dass ihm das Schlimmste noch bevorsteht.

Es gibt jetzt nur zwei Möglichkeiten: Gefängnis oder unter Gefahren erkämpfte Freiheit.

Ein Ausflug ans Meer

Als hätte man ihn aus seinem vorherigen Leben herausgeschnitten. Herausgeschnitten aus schwarzem Papier mit einer kleinen scharfen Schere – einem Scherenschnitt gleich.

Eine marionettenartige Schattenfigur. Oder hatte allein er diese Schere geführt? Ungeschickt, leichtgläubig, verführbar?

Er sitzt unter einer Kiefer hinter den Dünen. Die Dünen bieten guten Sichtschutz. Die Kiefer über ihm hat hohe ausladende Äste mit knorrigen Stämmen. *Windflüchter*, denkt er. Wie gut wir beide zueinander passen. Doch die Kiefer kennt den Wind, hier am Wasser. Auch eisige kalte Nordwinde.

Eine Möwe mit aufgeplustertem Gefieder zwischen den Halmen der Gräser.
Er hört das Rauschen der Wellen. Die Luft riecht nach Meer, Salz und Frische. Ein Geruch, der an ferne, gute Zeiten erinnert. Kinderspuren im nassen Sand. Das Eingraben, ein beliebtes Spiel. Der Vater musste seine Füße suchen, immer und immer wieder.
Die Ostsee: Jahr um Jahr für Tausende von Urlaubern das beliebte Urlaubsziel. Die Quartiere

waren überfüllt, die Campingplätze auch – erschwingliche Preise für jeden. Auch ihn hatte die Ostsee fasziniert – damals. Heute liegt ein Schatten über allem.

Vorsichtig hebt er den Kopf, um einen Blick auf das Meer zu wagen. Sanfte Schaumkronen auf dem Wasser. Purpurrot die untergehende Sonne, die einer leuchtend goldenen Naht gleich den Horizont vom Meer trennt.

Er hängt letzte Erinnerungsfetzen auf das Wasser, bis sich eine dicke Angstschicht darüber legt.

Noch einmal geht er gedanklich alle Arbeitsgänge durch, jede Einzelheit, jeden möglichen Zwischenfall, dann wartet er auf die Dunkelheit.

Unter dem Geäst von alten trockenen Kiefernzweigen hält er sein Schlauchboot versteckt. Statistisch gesehen stehen seine Chancen nicht besonders gut.

Ihn fröstelt. Die Versuchung, nach der Kognakflasche zu greifen, die seitlich in seinem Seesack steckt … Nein, die wird er später dringender brauchen.

Letzte Strahlen der späten Sonne – ein letzter Abglanz, dann sieht er die grellen Scheinwerfer. Die Küstenwache schickt ihren kalten Lichtkegel langsam tastend über den Sandstreifen, das Meer, den Horizont.

Die schwarzen Kiefernstämme starren ihn angstvoll, regungslos an. Er zieht eilig seine warme Wattejacke an und wirft sich auf den Sandboden, den Blick auf die Armbanduhr gerichtet. Jetzt muss er sich konzentrieren. Präzise genau die Zeit stoppen, wann und wo der Scheinwerfer über den Strand und das Wasser gleitet. Nach einer reichlichen Stunde wagt er es. Er atmet schwer, sein Herz beginnt zu rasen, eine ungewohnte Weichheit dringt in seine Knie.

Er muss schnell und sicher die Berührung mit dem Meer aufnehmen, die kurze Zeitspanne, wenn das suchende Auge des Scheinwerfers weit hinten über dem Horizont steht. Das Boot gleitet ins Wasser. Ein lautloser Paddelschlag, der Konzentration erfordert.

Der Wunsch nach Freiheit, nach Leben, nach Überleben, ein reißender Strom von Lebenswillen, gespeist von der Hoffnung, dass er es schafft, gab ihm Kraft.

Heute läuft er leichtfüßig über den warmen Sandboden am Saum des Wassers entlang und lässt die Schaumkronen auf der Haut spielen.

Lang gezogene graublaue Wolkenbänke am hellen Sommerhimmel. Er lenkt seine Schritte hin zum Festland. Der Seewind bringt eine leichte Brise über die Dünen. Erinnerungen überlagern sich. Seine Blicke flattern, einer Magnetnadel gleich, sie wollen orten. Er sucht nach dem Stein. Wo ist er? Der dichte Kiefernwald irritiert. Ein Gewirr von Ästen, die hoch in den blauen Himmel ragen. Woran soll er sich orientieren? Es riecht nach Harz und die Nase atmet plötzlich alte Angst. Er fühlt, trotz des heißen Sommertages, ein Frösteln und die Feuchtigkeit des kalten Seewindes von damals.

Was will er hier? Warum ist er bloß hierher gekommen? Er muss weg von diesem grausigen Ort der Erinnerung! Er setzt sich auf den Sandboden und presst die Handballen gegen die Schläfen, so dass sein Kopf wie in einem Schraubstock zwischen den Fäusten hängt.

Seine Augen wandern weiter über den Sandboden und suchen unter den Kiefern.

Da … zwischen trockenen Kiefernnadeln und Kienzapfen im weißen Sand. Das muss er sein! Er wischt mit der rechten Hand behutsam die kleine

Erhebung im Sand frei und hebt den Stein mit beiden Händen hoch, dann dreht er die Unterseite nach oben – sein Herz schlägt höher. Ein leichtes Schwindelgefühl: Der Stein!
Seine Initialen, eingeritzt mit seinem Taschenmesser, darunter das Fluchtdatum – grau, verwaschen jetzt.

Er wollte ein Lebenszeichen hinterlassen, damals.
„Papa, wo steckst du denn? Ich schaffe das nicht allein mit dem Boot", eine vom Meeresrauschen verschluckte Stimme bringt ihn in die Gegenwart zurück. Er erhebt sich und winkt seiner Tochter:

Den Stein legt er behutsam an seinen Ort zurück, streift mit der Hand über den schuppigen Stamm der Kiefer, schaut nach oben in die Wipfel der Zweige, die Hände klebrig vom Harz.
Er lächelt: Das wir beide uns im Alter noch einmal wiedersehen würden …

„Ach, wie stellst du dich denn an", der Vater ist bei seiner Tochter. Laura mit ihren zu schwarz gefärbten Haaren und zu tief sitzenden Jeans, sie steht vor einem vergilbten, farblosen Etwas und macht sich an einer Hubpumpe zu schaffen.

„Ich habe das Boot mit meiner eigenen Luft aufgeblasen. Mein Rekord waren sieben Minuten!" Der Vater setzt sich neben die Bootshaut, die muffig und nach altem Gummi riecht.

„Wollen wir wirklich mit diesem alten Boot aufs Wasser? Das ist viel zu klein für uns beide. Es schaukelt wie eine Nussschale mit uns auf den Wellen. Das macht keinen Sinn, Papa!" Die Tochter mault.

„Lass es uns versuchen! Du bist doch sonst so abenteuerlustig."

„Irgendetwas ist mit dir. Das merke ich schon seit unserer Abreise." Die Tochter wartet auf eine Erklärung …

Er war gestrandet. Durchfroren – fast bewusstlos – krank.

Das Auffanglager. Das Misstrauen. Die vielen bohrenden Fragen. Wieder Verhöre – jetzt von der anderen Seite.

Er wurde gesund, aus dem Lager entlassen – schneller als andere. Er bekam eine Assistentenstelle in einer Medizinischen Klinik zugewiesen, und eine kleine Wohnung.

Man war freundlich und hilfsbereit. Doch er fühlte sich unwohl – ein Analphabet zwischen fremdartigen medizinischen Geräten. Behandlungsmethoden, Medikamentennamen, die er nicht kannte: Wozu so viele Pharmafirmen mit gleichwertigen Medikamenten? Als er wagte zu fragen, lächelte man mitleidig. Schließlich verschlang ihn das Räderwerk der neuen Ärzteschaft, deren Schatten aus Zahlen und Fakten bestand.

Er kam sich vor wie ein Tiefseetaucher, der die Sonne vom Meeresboden aus sehen wollte. Frei? Freiheit? Gab es das überhaupt? Er blieb ein Kritiker, ein Zweifler. Ein Fremder.

Von seinem ersten ersparten Geld kaufte er sich einen Gebrauchtwagen. Man hatte ihm einen Autohändler empfohlen – alle gängigen Typen und Wagenklassen – günstig, preiswert. Der Verkäufer beriet ihn und regelte alles.

Sein erstes Westauto, die erste Fahrt … Sie endete in einer Kurve, die Bremsen hatten versagt.

Er hatte wieder einmal Glück gehabt.

Nun sitzt er auf dem Sandboden und denkt zurück. Ein Teil von ihm schreitet ständig voran und hat Erfolg, der andere nagt gefräßig an ihm.

Er hatte geglaubt, seine Vergangenheit ließ ihn einfach so los. Die Tochter, welche Rolle spielt sie in seinem Leben? Sie bewohnt eine Welt, die ihm unbekannt ist. Eine Welt voller Geschichten und Fragen, die ihm fremd sind.

Sie kippt vor ihm, gelangweilt, den Inhalt des zweiten Packsackes auf den Sandboden: Eine leere Trinkflasche, ein Strick, ein Plastbeutel mit Schraubventilen, ein Paddel: „Moment mal, da hängt noch etwas …" Sie fühlt und angelt und greift mit der Hand auf den Grund.

Ein spitzer Gegenstand hat sich in der Stoffnaht festgehakt. Mit einigen Mühen fischt sie ein kleines graues Betonstück heraus. „Was ist denn das, Papa?"

Der Vater ist überrascht. Er hatte diesen kleinen Zementblock verloren geglaubt: „Das ist ein Stück Mauer."

„Was für eine Mauer?"

„Na, von d e r Mauer. D i e, die durch Berlin ging."

„Ach, Mauer, Mauerstücke, Mauergeschichten … ich kann es nicht mehr hören. Eure Leidensmienen, eure schlimme Vergangenheit. Schon mal was von Mexiko gehört? Oder Nord- und Südkorea? Oder fahr doch mal nach Zypern, von Süd nach Nord!" Er sieht, wie sie seine Reliquie in den Händen hin und her wendet, sie in die Höhe wirft. Beim Auffangen eine kleine Schürfwunde am Zeigefinger. Die Tochter schiebt den Zeigefinger zwischen die Lippen.

Und als müsse sie ihre aggressiven Worte mit diesem Stein aus der Luft zurückholen: „War das wirklich so schlimm mit der Mauer und so ...?"

„Ich habe dieses Mauerstück eigenhändig herausgeschlagen, damals." Die Tochter betrachtet den grauen Klumpen und legt ihn zurück zu den anderen Dingen.

Die Tage glitten dahin, wie ein Zug auf vorgeschriebenen Gleisen. Die Jahre verschmolzen langsam miteinander. Irgendetwas hatte angefangen, seinen Alltag zu überwuchern. Seine Hoffnungen, sein freudiges Vertrauen, seine Erwartungen waren brüchig geworden. Sein Tagesablauf hatte sich gegen ihn erhoben und verlangte eine neue Orientierung.

Plötzlich, irgendwann in dieser Zeit, war die Ostzone stärker als zuvor in aller Munde.

Die Zeitungen schrieben von Demonstrationen. Das glaubte er nicht. Und doch: Es lag Veränderung in der Luft, die herüberwehte. Sein Alltag belebte sich, es war spannend geworden.

Mit eiligem, zielgerichtetem Gang lief er nach der Arbeit in seine Behausung, stieg hastig, den Wohnungsschlüssel schon in der Hand, zwei

Treppen auf einmal nehmend, die Stufen nach oben. Öffnete die Tür, warf seinen Mantel über den Stuhl und eilte ins Wohnzimmer. Er schaltete den Fernseher ein, setzte sich in den Sessel und starrte, beide Ellenbogen auf den Tisch gestützt, mit hitzigem Kopf auf das Bild.

Es war etwas geschehen. Ihn beschlich Angst. Angst um seine Eltern, seine Freunde. Menschen strömten in die Kirchen – Scheinwerfer, Kameras, Polizeiketten. Gefährliche Fragen wurden gestellt: „Warum sind Sie hier ..."
Einmal glaubte er in der Menschenmenge seinen Vater erkannt zu haben. Er tauchte in eine Strömung ein, die ihn langsam mitriss. Zitternde Angst. Ein unbekannter vulkanartiger, tosender Ausbruch erwachender Kräfte. Um Mitternacht – er erinnert sich noch sehr genau – klingelte das Telefon. Er hatte schon geschlafen und nahm schlaftrunken den Hörer in die Hand: „Mach dich auf, alter Junge, steige ins Auto ... die Mauer ...", die aufgeregte Stimme seines Cousins drang wie eine Fanfare in seine Gehörgänge.

Der Vater spürt noch das kantige, scharfe Mauerstück, eingeschlossen in seiner Faust – blutige Kratzer nicht nur auf der Haut. Das kann ich meiner Tochter nicht vermitteln. Worte, hundertmal gesagt und weggeworfen wie Papierfetzen – wertlos, zerrissen. Diese verzweifelte Vergänglichkeit.

Warum fragt sie nicht? Es gibt so viel Ungesagtes, das sich sperrig vor uns auftürmt.

„Na, Alter, was ist? Willst du aufblasen? Schaffst du es noch? Ich guck auf die Uhr: Sieben Minuten!"

Die Tochter hat das Gefühl, den Vater aufheitern zu müssen.

„Ich glaube, du hast Recht, wir sollten unsere Bootsfahrt bleiben lassen."

„Ha, ha - du kneifst", die Tochter lacht.

Das will er nicht auf sich sitzen lassen. Er hebt das luftlose Gummi auf und hält das Ventil an den Mund. Die Wangen voller Luft, beginnt er zu pusten. Die Tochter stoppt die Zeit: „Eine Minute, zwei Minuten …"

Das Schlauchboot will nicht mehr, seine Zeit ist wohl vorbei. Der Vater jappst nach Luft. Gerade noch hochrot im Gesicht, wird er plötzlich blass, kreideweiß – fällt zu Boden. Die Tochter schreckt zusammen, rüttelt ihn: „Papa, hallo! Papa, was ist mit dir?" Nichts rührt sich. Bewusstlos liegt er im weißen Ostseesand.

Die Tochter überlegt fieberhaft: Wo ist das Handy? Der Notruf … „Hallo … Ja, sofort … Am Strand in der Nähe des Leuchtturmes. Sofort bitte!"

Eine leichte Abenddämmerung breitet sich im Krankenzimmer aus. Die Sonne ist untergegangen und ein letzter Abglanz orangefarbenen Lichts fällt auf das Bett. Er erwacht. Er will sich aufrichten, sein Atem geht schwer. Das Pulsoxymeter über seinem Bett beschleunigt sich.

„Nein, Papa, du brauchst Ruhe. Leg dich bitte wieder hin. Möchtest du etwas trinken?" hört er seine Tochter sagen. Er sieht die Tochter verschwommen vor sich. Das scharf geschnittene Gesicht, das leicht gewellte lange Haar. Sie hat so viel Ähnlichkeit mit ihrer Mutter … Eine kleine Flamme züngelt da noch in seinem kranken Herzen.
Der Vater blinzelt, zwischen schmalen wässrigen Augenlidern hindurch, in das Gesicht seiner Tochter und spürt wie ihre Haarspitzen seine Wangen streifen.

Liebe. Die leisen Dinge sind es.

Indem er sich wegträumt, denkt er: Wenn sie schlafen, falten die Schmetterlinge ihre Flügel zusammen. Und sinkt auf das Kopfkissen zurück. Die Nacht hockt inzwischen vorm Fenster, taub – stumm – dunkel.

Es müssen Stunden vergangen sein – da öffnet der Vater wieder die Augen, er sieht seine Tochter im Lichtkegel der kleinen Lampe neben dem Bett. „Vater, Papa, siehst du mich?" Die Tochter springt auf von ihrem Stuhl.

Er atmet ruhig. Seine Stimme ist jetzt leise und schwer, aber klar und deutlich: „Ich habe in meinem Koffer eine Akte: Staatsicherheit. Es sind nur Auszüge. Ich wollte mit dir darüber reden. Bitte, nimm sie dir und lies. Und verzeih mir!"
Die Worte gehen ihm schwer über die Lippen, es ist ihm, als stehe jetzt der Großvater an seinem Bett:
Ohne Vergangenheit gibt es keine Zukunft, hatte der Großvater gesagt.
Das Morgenlicht kündigt einen neuen Tag an. Ein blasser, milchiger Schleier des neuen Lichts. Er hat es geschafft – drei vorsichtige Schritte zum Fenster. Die Schwester hat das Fenster geöffnet

und er sieht in der Ferne den Horizont, wo Meer und Himmel sich berühren. Er hört das Rauschen der Wellen. Es hat etwas Beruhigendes.

Das Blutrot der aufgehenden Sonne auf dem Wasser kündigt einen neuen Tag an.

Leben – Überleben – Weiterleben – Existieren.
Lebendig sein!
Nun steht er da und wartet auf seine Tochter.

Er wird ihr Großvaters Geschichte erzählen.

II.

Die Maschine aus Frankfurt ist auf dem Airport John F
Kennedy in New York gelandet. Maja ist nicht mitge-
kommen. Was ist los? Hat sie den Anschlussflug in
Frankfurt verpasst? Auf dem Handy reagiert nur die
Mailbox. Wenn etwas passiert ist? Ob sie den Vater
anrufen soll und fragen? Aber nein, ein Anruf würde ihn
nur nervös machen. Also geht sie zu dem kleinen Café in
der Ankunftshalle, kauft sich am Zeitungsstand die neu-
este Ausgabe der New York Times und setzt sich an das
kleine Tischchen in der Ecke.
Sie ist, an das frühe Aufstehen nicht gewöhnt, müde, und
jetzt auch leicht nervös. Sie bestellt sich einen Milchkaffee,
den Airport Monitor bläulich flimmernd im Blick, schlägt
sie die Zeitung auf.
Sie liest etwas von „grown - up at last", lässt die Zeitung
auf den Schoß fallen und seufzt in den Milchschaum hinein: Wie gut diese Worte zu mir passen …
In ihrem Inneren brodelt es noch einmal.
Erinnerungsbilder blitzen auf – schwarze Gedankenkreis-
läufe …

Der Alptraum

Große dunkle Augen. Zwei Höhlen ohne
Licht. Leer. Das Gesicht umrahmt von langem,
dichtem Haar - schwarz glänzend, drahtig. Eine
fleischig kräftige Hand – Krallen, die sich ihr nä-
hern. Das Haar stachelt auf ihrer Haut. Sie will
weglaufen, doch da hält sie jemand an den Beinen
fest. Eine Frauengestalt, die Worte formt, mit
geschürzten tulpenroten Lippen: Lust? Leidenschaft? Die verkrüppelte Hand ist jetzt direkt
über ihr und die dunkle rauchige Altstimme
krächzt: Liebe? Die Stimme tanzt aus dem roten
Mund heraus, ein Tor aus großen, weißen Zäh-
nen öffnet sich, hämisch lachend: Er liebt dich
nicht!
Die Krallenhand drückt auf ihre Kehle …

Laura schreckt hoch, schnappt nach Luft, röchelt.
Sie liegt unter einer muffigen, nach altem Schweiß
riechenden Wolldecke und zerdrückt krampfhaft
mit beiden Händen die Decke zu einem wirren
Knoten. Der Druck im Hals löst sich nur langsam. Sie schluchzt laut und lässt die Tränen ohne
Gegenwehr auf die Matratze tropfen.

Alpträume. Laura hatte sie fast vergessen. Sie erinnert sich an Träume aus Kindertagen. Gitterstäbe und eine gespenstige Hand, die ihr die Kehle zudrücken will. Ein Würgen am Hals, ein Krampf im Brustkorb. Sie droht zu ersticken. Ständige Angst vor dem Einschlafen …

Vor einem Jahr hatten die ersten Vorlesungen in Psychologie begonnen – Traumforschung. Der funktionelle Zustand des Gehirns während des Schlafes. Träume. Kinderträume, die Rolle der Traumbildung.

Während ihre Kommilitonen stundenlang schwatzend in Kneipen saßen, neue Freundschaften schlossen, hing Laura über den Büchern. Freud, Soschtschenko – alles was sie in der Bibliothek kriegen konnte. Sie hatte eine Theorie: Ihre Alpträume mussten auf einem Erleben im Kleinkindalter basieren – sie las von einer *Schubladentheorie*, Erlebnisse, die in ein Fach gerutscht waren, das sich im Traum öffnete. Die Rolle der Mutter?

Dieses Kapitel blendete sie aus, denn da hätte sie fragen müssen …, sie spürte bei Vater und Großmutter einen Schmerz, den diese nicht an sich heranlassen wollten. Fieberhaft hatte sie versucht zu analysieren, rückwärts gewandte Gedanken – Erinnerungen an Nächte, wenn sie im Dunkeln in ihrem Bett, schluchzend, aus ihren Träumen hoch- schreckte. Eine warme weiche Hand legte sich dann sanft und liebevoll über ihren Kopf. Maja.

Laura hatte ihrer Großmutter Fragen gestellt: „Weshalb der Traum, weshalb immer und immer wieder dieser Traum? Kannst du mir das erklären?"

Doch Maja hatte nie eine Antwort geben können. Geben wollen? Etwas Geheimnisvolles, Unsichtbares hatte sich zwischen die Fragen gedrängt. Maja erhob sich dann eilig vom Bettrand, um in die Küche zu laufen - stand mit einem Glas Hagebuttentee am Bett: „Der vertreibt die Alpträume."

Maja, wo bist du jetzt? Laura fühlt wieder den Kloß im Hals und ein Brennen unter den Augenlidern.

Sie stemmt sich mit den Ellenbogen auf die nass geweinte Matratze, legt ihren Kopf in beide Hände und schaut sich im Raum um. Wie bin ich in diesen Raum gekommen? Wie auf die alte harte Matratze? Ihr Blick streift über kalte graue Wände. Alte Tapetenreste - ein vergilbtes Ornamentmuster. Ein alter Küchenstuhl versucht standhaft zu bleiben, um die Last der abgestürzten Deckenteile zu tragen, und zwei kleine Fenster über ihr mühen sich vergeblich, durch das trübe Glas Licht in den Raum zu bringen.

Zusammenhänge zwischen Raum und Zeit, fremd und fern, wie das Wetter auf der anderen Seite der Welt.

Laura lässt den Kopf zurück auf das Lager fallen, die Arme wandern in die Wärme der Decke zurück und ihre Gedanken zum gestrigen Tag:

Als sie am Morgen in ihrem Bett erwachte, da war sie da, die plötzliche Gewissheit: Ich muss hier raus! Sie wollte endlich anfangen, ihr Leben neu zu sortieren.

Sie tänzelte durch ihr kleines Zimmer und versuchte Ordnung in das Chaos zu bringen. Wäscheberge lagen überall auf dem Boden verstreut. In einen Pappkarton warf sie das Nötigste: „Die kann man sich nachschicken lassen …"

Der Vater war wie gewöhnlich in aller Frühe, eine Zettelbotschaft hinterlassend ins Krankenhaus entflohen: *Habe Nachtdienst - bis Montag früh!*

Moderne Kommunikation auf Klebezetteln der Pharmaindustrie: *sanofi aventis – das Wichtigste ist die Gesundheit!* Überall lagen diese Zettel herum: *Der*

Mülleimer muss geleert werden! Du musst heute Ordnung machen im Wohnzimmer! Du musst …, du musst …

Diesmal hatte das Papier keine Bitterkeit hinterlassen. Vaters lapidare Mitteilungen waren zu etwas Alltäglichem geworden. Ihre Gefühle, ihre Empfindsamkeiten auch.

Als Laura vor zwei Jahren zu ihrem Vater gezogen war, um mit dem Medizinstudium zu beginnen, hatte sie diesen noch für etwas strahlend Überirdisches gehalten und liebevoll und stolz zu ihm aufgeschaut. Sie hatte einen Studienplatz an der Universität in seiner Stadt bekommen und beide hatten sich aufeinander gefreut. Er hatte sein kleines Arbeitszimmer für die Tochter hergerichtet, und sie hatte es sich darin gemütlich gemacht. Beide gingen sehr vorsichtig miteinander um, als wären sie in einem Raum, in dem das Licht plötzlich ausgegangen war, so dass sie versuchen mussten, sich den Weg zu einander zu bahnen. Sie saßen abends bei einem Glas Wein zusammen. Wenn der Vater lachte, war es ein ernstes Lachen – stockend und holprig. Das Lachen eines Menschen, der seine Schwermut nahe unter der Haut trägt.

Er konnte ihr stundenlang zuhören, und sie scheute sich nicht, ihm von sich zu erzählen, denn sie war sicher, verstanden zu werden. Er hörte zu – und sie konnte reden. Er machte ihr ein Kompliment – und sie fühlte sich gut.

Doch irgendwann wurde alles anders. Wann war das doch? Laura überlegt: Es begann vor einem reichlichen halben Jahr. Sie kam aus der Uni und hatte es sich im Wohnzimmer am Fernseher gemütlich gemacht …

Es begann genau an dem Abend, als der Vater mit einer Flasche Sekt und zwei Gläsern unerwartet im dunklen Rechteck der Tür stand – ein ihr bisher unbekanntes Leuchten in den Augen:

„Ich bin jetzt erster Oberarzt an der Klinik. Das müssen wir begießen!" Die Gläser gaben den Ton vor - dumpf und klanglos.

Fortan hatte Laura das Gefühl, der Vater war nur noch bei seinen Erfolgen am Operationstisch. Er sah und hörte sie nicht mehr. Eine erbarmungswürdige Kreatur, dachte sie. Worte flogen wie spitze Gegenstände durch die Luft: „Du machst es dir sehr einfach! Mein Studium habe ich mir damals hart erkämpft!" Die Betonung lag auf „hart". „Nicht jeder bekommt so einfach einen Studienplatz! Du hast Glück gehabt!"

Der Weg, ihrem Vater zu gefallen, war mit Streb-samkeit gepflastert.

Medizinstudium – Glück?, Laura hatte am Morgen im Badezimmer vorm Spiegel gestanden, ihre Haare sorgfältig gefönt, Make-up aufgetragen, den Wimpernstift lange und schwungvoll gedreht und gedacht: Glück? Weiß mein Alter eigentlich, was das ist? Sie sah ihn vor sich, hastig das Abendbrot zubereitend, und wenn er dann wütend das schmutzige Geschirr in die Spülmaschine räumte, schimpfte er: „Kannst du nicht einmal deine Teller und Tassen selbst wegräumen? Maja scheint dich sehr verwöhnt zu haben!" Eine laute autoritäre, dominante Stimme. Laura kam sich vor, als müsse sie etwas ausbaden, eine fremde Schuld, die auf ihrem Rücken ausgetragen wurde.

Wollte er Erziehung aufarbeiten? Ein kleiner Teufel tanzte auf ihrer Seele: „Ich studiere! Mal was von Prüfungen und Klausuren gehört?"

Vor der offenen Kühlschranktür starrte der Vater anklagend in die Leere: „Ich hatte dir heute früh Geld hingelegt und den Einkaufszettel."

Vorbei die ewig bohrenden Fragen und Diskussionen. Sie würde verschwinden. Sie würde frei sein, frei von der verlogenen Sorge des nie anwesenden Vaters. Frei!

Kein Bock mehr auf diese ewige Lernerei! Sie wollte weg, raus aus dem spießigen Dasein.

Noch einmal war sie an Vaters Schlafzimmertür gegangen, hatte die Tür geöffnet und einen Blick auf das Bett geworfen. Aus der Höhlung des Kissens lugte ein Kopf und wiegte sich leise im Rhythmus eines schauerlichen Stöhnens … Sinnestäuschung: Der Kopf auf dem weißen Kissen war ein Schatten, das Stöhnen ein fernes Geräusch von der Straße. Laura hatte sich in der ersten Zeit, nachdem sie bei ihrem Vater eingezogen war, nächtelang wach gehalten und gelauscht:

Was bedeutete das nächtliche Stöhnen? Alpträume? Oder eine Frau? Doch, letztere schien es nicht zu geben, jedenfalls nicht in dieser Wohnung.

Er tat ihr fast leid, in diesem Augenblick.

Leise hatte sie die Schlafzimmertür wieder geschlossen, als wolle sie ihren Vater nicht stören. Es schwebte etwas in der Luft, das sie wie eine Zwangsjacke beengte.

Im Wohnzimmer hatte Laura dann die Holzkassette mit dem Bargeld von der Vitrine genommen und den gesamten Inhalt in ihren Brustbeutel gestopft.

Neben die Zettelbotschaft des Vaters legte sie ihre: *Falls du es noch nicht wissen solltest – woher auch, du hörst mir ja nie zu - ich bin verliebt. Uwe. Ich ziehe zu ihm! Laura.*

Die Morgensonne, die ihr an diesem Tag, reflektiert durch den Spiegel, ins Gesicht strahlte, schien ihr wie ein Zeichen.

Sonnenstrahlen hatten ihr Glück gebracht, damals – vor drei Monaten am See, auf der Sommerwiese. Als sie in ihrem roten Bikini auf der Decke im Gras lag und mit geschlossenen Augen die erste wärmende Sonne einfangen wollte, lief ein Schatten über ihr Gesicht. Neckend. Auf und ab, hin und her. Er musste sie beobachtet haben. Als Laura ihre Augen aufschlug, sah sie direkt in die eines jungen Mannes: Strahlend blau, keck, sanft und schwermütig zugleich. Zuerst hatte sie die ihren ganz schnell wieder geschlossen, dann aus den Lidern leicht blinzelnd auf ihr Gegenüber geschaut.

Das schelmisch jungenhafte Gesicht hatte eine tiefe männliche Stimme: „Ich sehe was, was du nicht siehst und das ist rot …"

So hatte sie Uwe kennengelernt.

Als er neben ihr im Gras gesessen und ihren Arm berührt hatte, lief ein elektrischer Schlag durch ihren Körper – und sie hatte zum ersten Mal das Gefühl gehabt: Ich. Das bin ich! Zum ersten Mal hatte sie sich selbst betrachtet – sie, die da im Gras saß. Etwas Neues nahm von ihr Besitz. Dann der erste Kuss.

Sie entsann sich des Ansturms auf ihren Körper, eines Zitterns, das von Sekunde zu Sekunde stärker geworden war.

Wochenende für Wochenende war Uwe in seinem alten Volkswagen zu ihr gekommen - viele Autobahnkilometer, von Ost nach West, auf den Campingplatz am See.

Liebe, dachte sie, Liebe macht glücklich.

Jeden Sonntag ein heißer Abschied und das Versprechen: „In nur fünf Tagen bin ich wieder da."

Sie spürte noch, nachdem Uwe mit Zeltausrüstung und Auto in der Dämmerung des Abends verschwunden war, seine Lippen auf ihren und ihre Haut atmete den Schweiß seines Körpers. Eine Wegzehrung für die Zeit einer langen Woche.

Diese Abschiede haben jetzt ein Ende! Heute wird sie vor Uwes Tür stehen. Sie würde zusammen mit ihm ins Kino gehen, sie würde sich im Dunkeln von ihm küssen lassen. Er würde sie in ein kleines kuscheliges Restaurant führen, in dem die Kerzen flackern. Sie würde seine großen starken Hände nehmen und ihm zulächeln.

Fröhlich und unbeirrt, hatte Laura den gestrigen Tag geplant. Uwe mag Überraschungen, sagte sie zur Spiegelfrau und kokettierte dabei mit den Augen. Sie trug das grüne T-Shirt – froschgrün, mit bunten Schmetterlingen darauf. Uwe mochte es: „Mein kleiner Falter", sagte er zu ihr, und in seinen Worten war eine Leidenschaft, die sie erzittern ließ.

Ihr Entschluss erschien ihr noch am Morgen wie ein großer Schritt hin zum Erwachsenwerden, wie etwas Ungeheures, Mutiges, Heldenhaftes.

„Oh! Eh … geht das nicht billiger?"

Der Angestellte am Bahnhofsschalter schaute mürrisch auf: „Wenn Sie den Zuschlag sparen wollen und den Regionalexpress nehmen?"

„Nein, ist schon gut!" Laura fischte aus ihrem Brustbeutel die Scheine und warf sie dem Mann hinter dem Schalter hin. Im Zug zählte sie ihr Geld nach und dachte: Uwe verdient genug Geld.

Die fremde Stadt machte Angst. Sie irrte durch die Straßen und Gassen, musterte ihr Spiegelbild in einer schmutzigen Glasscheibe eines Schaufensters, und endlich hatte sie die Straße gefunden. Die Nummer. Das Hochhaus, frisch verputzt und gelb leuchtend in der Sonne. Laura schlich um das Haus herum und überlegte:
Ob Uwe schon zu Hause ist? Dem Klingelknopf nach zu urteilen, wohnt er in der dritten Etage. Sie schaute zu den Fenstern hinauf.

Eine alte Dame mit einem großen Einkaufsbeutel trat aus der Haustür, Laura huschte an ihr vorbei in das Treppenhaus. Es roch nach frischer Farbe und auf dem ersten Treppenabsatz stand eine verlassene Malerleiter.

Ihr Herz klopfte aufgeregt, ihre Beine wurden plötzlich schwer. Sie spürte die müden Beine und Blasen an den Füßen. Im dritten Stock links stand sie endlich vor Uwes Tür.
In ihrer Brust zappelte es aufgeregt, dann drückte sie auf den Klingelknopf:
Stille … Warten … Ihr kam die Zeit unendlich vor – kein Lebenszeichen. Sie setzte erneut ihren

rechten Zeigefinger in Bewegung – ein leichtes Knacken der Dielen unter ihren eigenen Füßen, Laura wollte sich gerade auf die obere Treppenstufe setzen, da hörte sie plötzlich Schritte und die Tür wurde geöffnet. Blicke aus Augen, die von dick getuschten Wimpern und breiten Lidstrichen wie mit einem Trauerflor umgeben waren. Nackte Beine, die unter einem roten Morgenmantel hervorschauten. Laura blieben die Worte auf der Zunge hängen, die Lippen zitterten unmerklich.

„Uwe, Schatz, hier steht so eine unscheinbare, stumme Tussi mit großem Rucksack vor der Tür – bestimmt für dich!"

Lauras Herz begann zu rasen und tausend kleine Sterne tanzten vor ihren Augen. Benommen hielt sie sich am Treppengeländer fest, dann stolperte sie die Treppen herunter – zwei auf einmal nehmend. Sie rannte – lief, keuchte durch die fremde Stadt und kam erst in einem Park wieder zu sich.

Das Gesicht in ihren Rucksack vergraben, die Schuhe achtlos im staubigen Sand, die Beine angewinkelt und die schmerzenden Füße kühlend auf dem weißen Granit einer Parkbank, so saß sie stumm, schwerelos, eine Hülle nur, schwebend im luftleeren Raum. Eingesponnensein in einen Kokon, baumelnd an einem Ast, unsichtbar, das wünschte sie sich in ihrer Trostlosigkeit.

Ein unmerkliches Zittern unter der Haut. Ihr fröstelte, obwohl die Sonne erbarmungslos brannte. Mit der Verzweiflung einer Schiffbrüchigen klammerte sie sich an ihr Handy: Wählte die Nummer – die einzig verlässliche. Doch dort hörte niemand. Maja war nicht zu Hause.

Ganz allmählich spürte sie in ihrem Innern so etwas wie Schmerz.

Die Sonne war schon untergegangen und ein letzter Abglanz perlmuttfarbenen Lichts fiel auf die Dächer der Stadt. Nachdem Laura wie in Trance ziellos durch die Stadt geirrt war, fand sie das alte verlassene Haus: Vergessen lag es da, zwischen mehrstöckigen Neubauten, von Unkraut überwuchert. Die halbgeöffnete Haustür hing schief in den Angeln. Putz bröckelte an der Hauswand und gab roten Backstein frei. Die Fensterscheiben im Erdgeschoss waren zertrümmert. Glasscherben lagen zwischen wild wuchterndem Efeu und zart blühendem Knöterich im staubigen Sand.

Laura musste die Haustür leicht anheben, um sich mit ihrem dicken Rucksack durchschlängeln zu können.

Die schmutzig, sandigen Steinstufen, abgenutzt von vielen Füßen, die über Jahrzehnte rauf und runter gelaufen waren, knirschten unter ihren Schritten. Vorbei an einem zerplatzten gelben Müllsack, schlich sie durch eine weit geöffnete Wohnungstür und blickte in einen staubigen Flur. Colabüchsen, alte Zeitungen und Stofffetzen lagen herum. Ein Blick durch eine der offenen Zimmertüren zeigte ein ähnliches Bild.

Sie stieg in das Obergeschoss - leise tastend, mit einem unbehaglichen Gefühl in der Magengegend. Irgendetwas Schwarzes huschte über die Steine.

Ein Knurren und Grummeln, aber das war ihr Magen: An Essen darf sie jetzt nicht denken. Nur mutig weiter, dachte sie. Ich brauche eine Lagerstätte.

Im zweiten Stockwerk waren die Wohnungstüren geschlossen. An der Wand neben der Treppe gab es noch einen alten Klingelknopf aus Messing. Ihr war plötzlich, als wäre sie nicht allein. Ein Rauschen?

Oder war es ihr eigenes Blut? Ein Atmen? Sie musste an das Märchen vom Teufel mit den drei goldenen Haaren denken, sein brummeln: Es riecht nach Menschenfleisch …

Instinktiv ließ sie die erste Wohnungstür links liegen und wandte sich der gegenüberliegenden zu. Öffne mich, schien ein altes verrostetes Vorhängeschloss, in dem ein Schlüssel steckte, zu rufen.

Die allmähliche Abenddämmerung ließ Laura nicht viel Zeit zu Überlegungen. Sie drehte den Schlüssel und das Schloss sprang quietschend auf. Die graue schmutzverkrustete Wohnungstür schabte beim Öffnen über die alten Dielen des kleinen Korridors.

Laura rief laut, Furchtlosigkeit vorgebend, mit dunkler, rauchiger Altstimme in den Korridor hinein: „Hallo, ist da jemand?"

Doch ein dröhnender Bass in ihrem Rücken stampfte ihre Stimme augenblicklich nieder: „Na, junges Fräuleinchen, was wolln wir denn hier?"

Sie schaute in zwei rotglasige Augen, zuckte zusammen und erstarrte. Alkoholiker machten ihr von jeher Angst. Langsam kroch die Dunkelheit wie ein ausgehungertes Tier aus allen Ecken em-

por und ein dichter Dunstschleier aus Zigarettenrauch umhüllte sie. Ihr wurde schwindlig …

Mm … was war dann passiert?
Sie wischt sich die Tränen ab, auf ihrem Handrü-
cken zeigen sich schwarze Spuren der verlaufenen
Wimperntusche.
Sie fällt auf die tränennasse Matratze zurück und
gräbt ihren Kopf in das Dunkel der Wolldecke.
Jetzt möchte sie geräuschlos verschwinden und
nie gefunden werden, sterben ohne je tot zu sein
…
Es vergehen Minuten. Dann springt sie auf:
Sie muss hier weg! Sofort und schnell! Laura
streift hastig die zerknitterte Jeans glatt und das
T-Shirt, kämmt mit den Fingern durchs Haar,
nimmt ihre Schuhe in die Hand und tastet langsam barfuss voran. Angst kriecht in ihr hoch: Der
Mann von gestern Abend … Eine Weichheit
dringt in ihre Knie, ein Frösteln. Eine Diele
knarrt.
   Mit dem Rucksack stößt sie an die Türklinke:
Verdammt, sie hält einen Moment lang inne,
horcht – kein Laut. Wie früh am Morgen ist es
eigentlich?, denkt sie. Laura hat keine Uhr und im
Handy hat der Akku sich verabschiedet. Nur

noch geräuschlos an der letzten Tür vorbei … Da fällt ihr ein Schuh aus der Hand und poltert die Treppe herunter. Augenblicklich öffnet sich eine Tür und vor ihr steht die unbehaglich kräftige Statur des Mannes von gestern Abend - vage erinnert sich Laura.

Zerschlissene Jeans werden von Hosenträgern gehalten. Darüber ein Dschungel aus graumeliertem Brusthaar, ein kantiges, von grauen Bartstoppeln eingerahmtes Gesicht – dunkle, rotumränderte Augen, von Schatten untermalt und wie ein Stoffsack hängt die Haut unter den Lidern. Durch seinen Blick flattert Unruhe: „Schon wach, kleines Fräuleinchen? Ich hab hier 'nen bisschen was fürs Frühstück. Komm 'se mal rein."

„Mein Schuh …", stottert sie. „Den klaut hier keener", ein fester Griff an ihrer Schulter und schon findet Laura sich in einem muffigen düsteren Raum wieder, der mit einem Gemisch von Alkohol und Zigarettenrauch durchzogen ist. In der Ecke ein Tisch, davor zwei Holzkisten, die sich redlich mühen, Wohnlichkeit zu verbreiten.

Grobe Hände nehmen Laura den Rucksack ab und eine angeschlagene Tasse vom Regal.

„Se könn doch nicht einfach so verschwinden – ohne Frühstück!" Der Alte schüttet ein braunes

Pulver in die Tasse und gießt aus einem schmutzigen kleinen Wasserkocher heißes Wasser darauf: „Hab'n se gut geschlafen? Se sehn ja immer noch ganz blass aus." Er drückt Laura auf die Holzkiste und stellt den Kaffeetopf vor sie hin. Aus einer alten Zigarrenkiste nimmt er einen Butterkeks und legt ihn neben die Tasse. Laura kommt sich vor wie eine mechanische Puppe, die man mit einem Schlüssel im Rücken aufzieht und abstellt.

Der Mann setzt sich auf die zweite Holzkiste und öffnet mit lautem Knall eine Bierflasche an der Tischkante: „Na, dann: Prost! Ich heiße Paule." Laura nippt, wie ferngesteuert, an der Tasse mit der braunen Flüssigkeit. Als habe sich augenblicklich ein Staudamm geöffnet, lässt Paule einen Strom von Worten frei: „Wie de dich fühlst, kleines Fräulein, kann ich mir denken – bist auf die Straße gerannt, weil keiner dich will, hab ich doch Recht, oder?"

Ohne eine Antwort abzuwarten, redet er weiter – redet und redet. Laura sieht wie bei einem Stummfilm auf die Bewegung des Mundes, das Auf und Ab der wulstigen, bläulichen Lippen, die Unterlippe leicht vorgewölbt, er redet und redet.

Sie will hier raus und weiß nicht wie. Klein und hilflos fühlt sie sich, erbärmlich. „… na, du wirst ja 'ne Mutter haben, und 'nen Vater auch, oder?'" Sie zuckt unmerklich zusammen. Der Nachhall seiner letzten Worte schraubt sich in die Spiralen ihrer Gehörgänge.

Mutter, da ist es wieder das Wort, was sie immer erfolgreich verdrängt hat. Sie hat Großmutter Maja! Die anderen sagen Mama. Na und?

Was bedeutet schon eine klitzekleine Veränderung, ein Buchstabe, in einem Wort? Im Kindergarten, bei Schulkameradinnen, sogar bei den Lehrern war Maja die Mutter – schlank, jugendlich. Ihre dunklen Haare flossen üppig an ihrem Gesicht vorbei. Ihre Augen – große hervorstehende mit langen, dünnen schwarzen Wimpern. Deine Mama nimmt dich auf den Schoß, und dann tut es gar nicht weh, hört sie die Kinderärztin sagen.

Laura schreckt aus ihren Gedanken hoch.

„Na jaa, jeder hat Eltern, war ja 'ne dumme Frage. Aber, ich meine, solche, die einen lieb haben und so", Paule räuspert sich verlegen und legt eine erste Pause ein. „Meine Mutter wollte mich nich, hat' se gesagt – immer und immer wieder hat 'ses mir gesagt, als ob ich schwerhörig wäre.

Ich hab mir die Ohren zugehalten, und bin untern Tisch gekrochen, aber das hat nich geholfen. Und wenn 'se zu viel getrunken hatte, war es ganz schlimm." Jetzt ist Paules Bierflasche fast leer – Zeit für eine neue.

„Kindchen, ich rate dir, wenn 'de irgendjemand hast, der dich mag, dann renne nich weg!" Er wirft scharfe Blicke aus. Offene Wunden, die noch nicht verheilt sind? denkt Laura.

„Als ich größer war, so elf, zwölf, hab ich meinen Vater gesucht", sagt er und seufzt in sein Bierglas hinein. „Es gab 'ne heiße Spur. Ein Schulkamerad aus der Parallelklasse – dem sein Vater kannte meinen. Hab'n zusammen gearbeitet am Theater … nee, nich Schauspieler, wie du denkst, nee, nee, der war nur einfacher Kulissenschieber, Beleuchtung - so was in der Art: Landesbühnen Sachsen.

Na ja, als die Alte wieder mal so ganz von der Rolle war, nur noch vor der Schnapsflasche saß und an die Wand starrte, bin ich ausgebüchst. Musste mit der Eisenbahn fahren. Geld hatte ich nich. War ganz kriminell, sag ich dir! Aber, ich bin ja 'nen pfiffiges Kerlchen: Immer, wenn ein Schaffner in Sicht war, bin ich auf die Toilette. Ich hab's geschafft, damals! Und rückzu, da hab

ich mich unter 'ne Schulklasse geschmuggelt."
Lauras Gegenüber wird zu einem Jungen, dem sie
jetzt mitleidvoll zuhört.

„Kam ich dort an, bin ich gleich zum Bühnenein-
gang. Glück gehabt, war sogar offen, die Tür.
Und, was denkste? Ich sag dir, ich war plötzlich
um viele hundert Jahre zurück versetzt, in eine
andre Welt. Ein Schloss mit vielen Türmen stand
da herum, und Wachposten mit Ritterrüstung,
'nen Kanonenwagen – wie so, wenn 'de träumst.
Später hab ich immer gedacht: Schon deshalb hat
sich die Reise gelohnt."

Laura starrt auf die zweite Flasche, deren Inhalt sich bedenklich dem Boden zuneigt.
„Als ich so vor dem allen gestanden hab, ganz
aufgeregt und mit Herzklopfen, hab ich gedacht:
So 'nen Vater muss man verstehn, der hat so 'ne
wicht'ge Arbeit, bis weit nach Mitternacht, der
kann sich gar nich noch um 'nen Sohn kümmern.
Muss man verstehn, dachte ich. Wie ich noch so
stehe und staune, taucht 'nen Mann hinter so
'nem Schlossturm auf und fragt mich natürlich,
was ich hier will. Ich hab' wohl bisschen ängstlich
geguckt, da war er ganz freundlich, hat mich an
die Hand genommen und mir die Kanone ge-

zeigt. War 'ne mächtige Enttäuschung für mich, war nämlich aus Pappe.

Aber die Ritterrüstung! Stell dir vor, die war richtig echt - aus Blech, mit Visier und so." Seine Augen bekommen einen ungewöhnlichen Glanz. „Und dann wurde mir auf einmal ganz heiß ums Herz und ich dachte, kann ja dein Vater sein, dieser Mann. Der sagte ganz plötzlich, ich soll nun wieder nach Hause gehn. Da hab ich 'nen bisschen rumgestottert und allen Mut zusammengenommen und gesagt, dass ich Herrn Karl Knoppke sprechen möchte, weil der doch hier arbeitet …"

Schlurfend steht Paule auf, nimmt eine neue Bierflasche aus dem Kasten, der auf dem Dielenboden in der Ecke steht, und holt Zigarettenschachtel und Feuerzeug hervor.

Oh Gott, jetzt raucht er auch noch, denkt Laura. „Plötzlich guckte dieser Mensch vom Theater ganz komisch: Was willste denn von dem?

Als ich sagte, dass das mein Vater ist, packte der mich derb an beide Schultern und schüttelte mich: Junge, du musst hier verschwinden! Dein Vater ist nicht mehr hier." Paule zündet sich die Zigarette an und inhaliert tief, seine Hände zittern: „Erzählt der Theatermensch mir was von

Knast …", Paule erhebt sich wieder von seiner Holzkiste und geht zum Regal: „Jetzt brauch ich 'nen Schnaps!" Laura bekommt Angstaugen. „Nein, bitte nicht! Es geht bestimmt auch ohne Schnaps! Hier ist noch eine volle Bierflasche, soll ich sie öffnen?"

„Nee, meine Kleene, das kannste mir überlassen." Das Ablenkungsmanöver hat geholfen. Paule setzt sich wieder, öffnet die Flasche. Weißer Schaum kriecht flaschabwärts und wandert langsam über die Tischplatte.

„Ich weiß noch wie 's mir war – damals. Und wie ich geheult habe – einfach so losgeheult. Der Mensch, der mein Vater hätte sein sollen, flüsterte ganz leise was vom siebzehnten Juni und Demonstration und Scheinwerfern, die mein Vater dort aufgestellt hatte. Und schob mich zum Bühnenausgang. An der Tür sagte er: Dein Vater ist kein Verbrecher. Dein Vater ist ein guter Mensch, aber das muss unser Geheimnis bleiben!" Aus Paules rotgeränderten, glasigen Augen kullern Tränen, laufen langsam über die eingefallenen Wangen und versickern in seinen grauen Bartstoppeln.

Jetzt geht Paule doch zum Schnaps, der auf einem Wandregal steht. Laura verfolgt wachsam

seinen schlappenden Gang. Neben der Schnapsflasche und einem alten Wecker steht, silbrig umrahmt, ein Foto – eine junge Frau im Minikleid
und mit einem Strohhut in der Hand.

Paule hat die rotgeränderten Augen Laura zugewandt, ein sekundenlanges Ineinanderfallen und
Lösen zweier Blicke, dann weist er mit der Flasche in der Hand auf das Foto: „Meine Tochter,
da ist 'se vierundzwanzig. Das Bild steckte mit
einem Brief unter meiner Tür. Wusste gar nich,
dass ich 'ne Tochter habe, und wie 'se wohl meine Adresse gefunden hat? Na ja, hab' nich geantwortet. Soll ich 'se denn enttäuschen? Das hat 'se
nich verdient."

Paule öffnet langsam, mit flatternden Händen die
Schnapsflasche. Eine durchsichtige Flüssigkeit.
Wodka? In Lauras Körper kommt Bewegung,
gedanklich geht sie den Weg von der Holzkiste
zum Rucksack und zur Tür – fünf Schritte, oder
sechs?

Vom Fensterplatz her hört sie gedämpft die Worte: „Ich hab mich kundig gemacht, wegen meinem Vater. Bin ja nich ganz dumm: Siebzehnte
Juni, im Geschichtsbuch, sechste Klasse, stand
was von konterrevolutionär und Aufstand und
Demonstrationen." Ein Schwall von Worten:

„Neunzehnhundertdreiundfünfzig – Demos warn verboten in unserm Ossiland und mein Alter hatte bloß mal so' n paar Scheinwerfer aufgestellt. Kannste dir das vorstellen? Wegen 'ner Beleuchtung auf 'ner Tribüne ist der in Knast gekommen? Na, zum Glück haben wir jetzt 'ne Demokratie und so 'ne Zeiten sind vo … vor … bei." Paule lallt die letzten Worte. Zeit für Laura, sich heraus zu schleichen. „Na, und für meinen Ollen war 's eh zu sp … ä … t. Der hat … te sich im Knast erhängt." Der gelallte Satz erreicht Laura noch an der Wohnungstür. Sie stolpert, geblendet vom Sonnenlicht, auf die Straße und lehnt sich wie in einem Traumzustand an die Hauswand. Sie schließt die Augen und ihr ist immer noch, als würden endlos verzweifelte Wortfetzen über sie ausgekippt. Mitleid hat sie jetzt und eine große Traurigkeit auch. Sekunden einer Ewigkeit verstreichen. Was hat doch Paule gesagt? … wenn du irgendjemanden hast, der dich mag …

Langsam bricht vor Lauras Augen der Tag an, taucht nach und nach die Welt ringsum in leuchtende, leichte Farbe.

Sie sieht den Tag kommen und spürt plötzlich ein mächtiges Hungergefühl und die Gewissheit nach Hause zurückzukehren.

Die Akte

Wovon hatte der Vater manchmal erzählt?
Worte tanzen vor ihr auf und ab, verschwimmen vor ihren Augen: Fälle, Nummern, Zahlen. Abrechnungsziffern. Der Arzt als Geschäftsmann. Die Krankheit eine Ware ...
Sie hatte nur mit halbem Ohr hingehört und nicht einmal den bitteren Unterton des Vaters bemerkt.
Verdacht auf Herzinfarkt? Kreislaufkollaps?, denkt sie. Welche Diagnose ist hier ökonomischer? Doch der Vater muss das heute nicht entscheiden. Andere tun es für ihn. Laura sitzt, eingewickelt in Grün, am Krankenbett des Vaters. Sie schaut auf den Bildschirm über dem Bett, das Auf und Ab von unregelmäßigen Zacken. Sie hört auf das pulsierende Herz.
Ein junger Arzt kommt herein, prüft die Tröpfe und schaut auf den Monitor: „Sein Kreislauf ist stabil. Sein Zustand hat sich gebessert." Er holt Laura aus ihren Gedankengängen. „Es wird schon wieder", sagt er zwangslächelnd und schlürft nach draußen. Sie blinzelt verzweifelt das Brennen unter den Augenlidern weg. Sie umschließt mit beiden Händen die große feuchtkalte Hand ihres Vaters und spürt plötzlich das starke

Bedürfnis, ihn nach der Mutter zu fragen. Sie fühlte als Kind die Furcht der Erwachsenen, über die Mutter zu reden, und da keiner über sie sprach, spürte sie, dass auch ein Gespräch etwas Bedrohliches haben kann. Sie lernte zu schweigen.

Während sich ihre Freundinnen versuchten, die Mütter abzupflücken wie Kletten, kannte sie nicht einmal den Wegesrand, an dem das Gewächs stand.

Es lag etwas in einem unsichtbaren Raum, an das sie nicht rühren durfte.

Vielleicht war der Vater deshalb manchmal so aggressiv?

Vor einem Monat, sie erinnert sich noch genau an jede Einzelheit, der Vater erschien unangemeldet im Haus der Großmutter. Laura hatte durch das geöffnete Zimmerfenster die Reifen des Mercedes vor der Garageneinfahrt auf dem Kies knirschen hören, und wie er den Motor abstellte, und die Autotür krachend ins Schloss fiel.

Sie hatte instinktiv nach ihrer Fernbedienung gegriffen und die Musik auf volle Lautstärke geschaltet.

Wenige Minuten später sah sie den Vater im Eilschritt über schmutzige Socken, Jeans und Unterwäsche zu ihrer Stereoanlage stolpern, und Schazad Graziella, mit ihrem *Feel Who I Am,* zum Schweigen bringen. Das Unverständnis eines Alten füllte schlagartig mit brüllendem Bass ihr Zimmer: „Was bist du bloß für ein durchtriebenes Frauenzimmer! Wegen eines Flirts bricht man nicht gleich das Studium ab." Eine Karawane, bepackt mit Vorwürfen und Klagen – lauter Wortmüll.

Kleine glitzernde Schweißtröpfchen hatten sich auf Vaters Stirn und Nasenspitze gebildet. Wie lange hatte das gedauert? Die Uhrzeiger ihres Weckers schienen auf der Stelle zu zittern. Die Zeit war plötzlich eine unberechenbare Größe.

Als das ganze Zimmer mit Worten zugeschüttet war und sich der Vater im Krebsgang aus dem Zimmer geredet hatte, hörte sie den tiefen Bass gedämpft im Nebenraum mit einem Sopran im Duett. Großmutter Majas Stimme schien keine gerade Linie zu schaffen, sie verlief sich bei der Suche nach geeigneten Klängen. Der dröhnende Mann hatte alle Worte niedergestampft. Endlich übernahm Großmutters von Kummer und Zärtlichkeit brüchige Stimme die Führung, da wusste sie: Jetzt wird alles gut.

Am anderen Morgen, am Frühstückstisch, konnte sie mit dem Vater reden. Das böse Knäuel aus Worten wurde entwirrt. Ich bin einundzwanzig, sagte sie, und erzählte ihm etwas vom Erwachsensein, von Plänen, die sie für ihre Zukunft selbst entwerfen wollte. Er schien sie zu hören. Eine Woche später hatte sich der Vater frei genommen: Ein Urlaub zu zweit.

Warum musste es unbedingt die Ostsee sein? Mallorca, Gran Canaria – es gab so viele tolle Urlaubsorte! Und dann die Idee mit dem Boot … Alte Leute werden manchmal wunderlich, hatte sie gedacht und dem Urlaub schließlich zugestimmt.

Der Puls schnellt plötzlich in die Höhe, Laura hört Vaters unregelmäßige Herztöne. Der Vater richtet sich auf und stammelt irgendetwas von einer Akte: „In meinen Sachen … eine rote Mappe …" Dann fällt er auf das weiße Bett zurück und schließt wieder die Augen. Laura klingelt nach der Schwester. Die Nachtschwester ist sofort da und überprüft die Infusion und die herumstehenden Geräte, dann meint sie tröstend: „Es ist alles in Ordnung. Es geht ihm den Umständen entsprechend schon wieder ganz gut."

Und freundlich, beruhigend: „Es wird schon werden", die tröstende allwissende Stimme, dieser Tonfall einer Krankenschwester, eine Maske der Hilflosigkeit. „Es ist besser, wenn Sie jetzt schlafen gehen. Für alle Fälle habe ich ja Ihre Telefonnummer."

Eine Unruhe befällt sie auf dem Weg zu dem kleinen Hotel. Die Art Unruhe, die wohl eine Raupe empfinden mochte, bevor sie dem Kokon entschlüpft und zum ersten Mal die Flügel ausbreitet.

Ein Ordner mit rotem Pappdeckel liegt unter des Vaters Sachen. Die Tochter setzt sich auf den Stuhl neben den kleinen Schreibtisch, holt sich aus dem Kühlfach eine kleine Flasche Weißwein, füllt das Glas und trinkt, ehe sie im Schein des kühlen Lichtes der Deckenlampe zu lesen beginnt. Ein schäbig, abgegriffener Deckel schaut bedrohlich: *MfS - Deckname: Pedro – Staatssicherheit Berlin.*

Mit schweren Lidern und geröteten Augen wirft sie sich gegen Morgen auf das Bett.

Die letzte Aktennotiz schwirrt noch im Kopf: *Tödlicher Autounfall missglückt. Operation Pedro ist vorerst eingestellt!*

Er hat nie etwas von einem Autounfall erzählt ...
Und die Ostsee – das Boot – die Flucht.

Gedankengänge wie ein flackerndes Licht, überlagert vom Schatten früher Ahnungen und Ängste.

Der Zoobesuch fällt ihr ein: Er hatte fröhlich begonnen. Es war ein sonniger Tag, ein lachender und scherzender Vater lief neben ihr her. Sie war damals in der fünften Klasse und erzählte ihm von der Schule, den Freundinnen. Er fragte und hörte ihr zu. Sie sortierte ihre Erlebnisse.

So erzählte sie auch von dem Museumsbesuch mit der Schulklasse im ehemaligen Untersuchungsgefängnis. *Stell Dir vor, wir waren im Knast. Im Stasi-Gefängnis.* Und sie plapperte weiter von *Spaß* und *lustig* und *käfigartigen Zellen, in die man Menschen eingesperrt hatte.*

Sie standen vor dem Geviert, in dem die Erdmännchen so lustig von Stein zu Stein hüpften und auf zwei Beinen stehend die Umgebung beobachteten. Sie hatten sich amüsiert über die kleinen Kunststückchen, die sie vollbringen konnten. Urplötzlich war Vaters Fröhlichkeit wie weggeblasen. Sie sah in seinen Augen eine Andeutung von Härte. Und die Kälte, die auf einmal von ihm ausging, tat ihr weh. Sie erinnert sich noch an das Gefühl ihrer tiefen Betroffenheit, und dem Gespür, irgendetwas verkehrt gemacht zu haben.

Laura will die Akte an ihren Ort in Vaters Koffer zurücklegen, da entdeckt sie einen Briefumschlag, er ist an ihren Vater gerichtet.

Die Briefmarke, ein alter kaum lesbarer Poststempel: Berlin, 12.12.1989. Sie dreht das Kuvert herum, es trägt keinen Absender und ist liederlich aufgerissen. Sie zieht ein, aus einem Schreibheft herausgerissenes, vergilbtes Blatt Papier hervor. Krakelige, flüchtig hingeworfene Schriftzeichen: *Hallo, Rolf, Du hast eine Tochter! Sie ist neun Monate alt, und im Kinderheim Paul-Gesche-Straße ... wegen der kollektiven Erziehung ... Du kannst sie dir jetzt holen! Ich muss untertauchen. Ingrid.*

Und dann fällt ihr noch ein Foto vor die Füße. Eine junge Frau in einem Minikleid, mit einem Strohhut in der Hand, lacht in die Kamera. Auf der Rückseite steht in flüchtig dahin geworfenen Bleistiftstrichen: Juli 1988, Ingrid am Strand.

Lauras Herz pocht, droht auseinanderzubrechen: Im April 1989 ist sie geboren ...

Da ist noch etwas: Sie wehrt sich dagegen. Sie tastet nach dem Türpfosten, klammert sich daran, spürt wie sich ein Stück vergessen geglaubte Zeit wieder öffnet. Es zittert in ihr. Sie will sich nicht erinnern, irgendetwas in ihr widersetzt sich.

Das kann nicht sein! Ihr Gehirn läuft auf Hochtouren. Das verrauchte trübe Zimmer ... Paule ... Das Foto auf seinem Regal ... Die Dame mit dem Hut!
Eine Klarheit, schneidend kalt: Das Kinderheim, die Alpträume.
Wie ein harter Stein schabt ein Schmerz von innen gegen ihren Bauch. Dann spürt sie nichts mehr. Leere nur.
Ein Zittern bleibt, es kommt von Innen, von einem Punkt in ihrem Körper, den sie nicht benennen kann. Sie ahnt, wie erleichternd es sein muss, weinen zu können.
    Sie wälzt sich auf ihrem Bett hin und her. Alles, wirklich alles, würde sie dafür geben, in einen traumlosen Schlaf zu tauchen, der den vergangenen Tag, der so ungefragt begonnen hat, wieder vertreibt.
Laura steht an diesem Morgen lange unter der Dusche. Sie hat das Gefühl, etwas wegspülen zu müssen. Als sie sich abtrocknet, fühlt sie sich wieder geerdet, das bisschen Seele ist zugedeckt.

Sie legt den Brief zu den anderen Dingen in den Koffer. Das Foto steckt sie in ihre Jackentasche. Sie geht in den Frühstücksraum des Hotels, setzt sich in die hinterste Ecke, bestellt eine große Tasse Milchkaffee, umfasst die Tasse mit beiden Händen, spürt die Wärme und eine fast animalische Sinnlichkeit bis in ihre kalten Fingerspitzen.

Dann verlässt sie das Hotel und geht durch den kleinen Kiefernwald hinab zum Strand. Die Luft ist noch kühl und frisch.

Sie setzt sich in den morgenfeuchten Sand und schaut aufs Meer. Weit draußen tragen die Wellen weiße Schaumkronen heran und donnern mit großer Wucht gegen die Küste, sodass die Gischt sich hoch aufbäumt und über die Felsbrocken springt. Erste helle Lichtpunkte liegen auf dem tobenden Wasser.

Geborgenheit, denkt sie, hat sie erfahren dürfen, mit einer Selbstverständlichkeit, dass sie diese vielleicht oft nicht zu schätzen gewusst hatte.

Die Großmutter saß nächtelang bei ihr, hatte ihre Hand gehalten, mit ihr geweint, bis keine Träne mehr kam. Ein Mensch, der ihr geholfen hatte, das erste gebrochene Herz zu flicken. Selten hat sie sich Gedanken darüber gemacht, wie viel Stabilität die Fürsorge und gleichmäßige Liebe der Großmutter ihr vermittelt hatte.

Laura legt sich in den Sand und schaut zum Himmel. Sie beobachtet die Wolken. Wie Schäfchen auf blauer Wiese, wie Zuckerwatte: Ihre erste Zuckerwatte kaufte ihr der Vater auf dem Weihnachtsmarkt … Sie kann die Bilder nicht festhalten, ganz plötzlich lösen sie sich auf und sind nur noch ein weißes Schimmern über der Flächigkeit des Himmels. Wie lange hat sie zum Himmel geschaut?

Das Meer hat sich zurückgezogen, kleine Wellen überschlagen sich, laufen aus und wischen über den breiten Strand. Sie steht auf, sammelt Steine auf und wirft sie ins Meer. Sie findet ein ausgewaschenes Holzstück und stellt sich vor, dass es einmal eine Bohle, ein Teil eines Schiffes gewesen ist.

Das Foto

Die Zeit schauert dahin. Einsam in der Kühle der Tage. Ein Wimpernschlag. Minuten. Stunden. Eine Woche, zwei, drei – schon ist die Vergangenheit von der Gegenwart zugedeckt. Laura ist zu Hause und doch ganz fern.

Wie so oft am Morgen hat sie ihre Sportjacke übergezogen und ist durch den Park gejoggt. An der Stadtmauer entlang bis zum alten Stadttor. Am Tor empfängt sie die große vertraute Linde mit ihrem Gewirr von schwarzen Ästen, die hoch in den grauen Himmel ragen. Sie führen für gewöhnlich lautlose Gespräche miteinander.

Zwei alte Freunde, der Lindenbaum und sie. Heute wünscht sie sich, nichts weiter zu sein als ein Teil dieses Baumes. Sich vom Wind streicheln zu lassen. Willenlos, ohne Wunsch, ohne Schuld, ohne Individualität. Der Himmel schält sich blau aus der Dunkelheit, aber sie sieht es nicht. Sie spürt ein ungewöhnliches Herzrasen und das Foto brennt in ihrer Jackentasche. Ihr ist kalt. Sie ist von einem Frösteln befallen, das nicht von eigentlicher Kälte herrührt, es ist der schwarze

Traum der Nacht, der sie frieren lässt. Warum ist sie heute überhaupt losgelaufen?

Ein geflügeltes Ungeheuer mit Schlangenhaaren, glühenden Augen und heraushängender Zunge. Der Kopf der Medusa? Medusa, die Tochter der Meeresgottheiten, mit Schlangenhaaren und dem starren Blick. Griechische Mythologie, das war ihre Abiturarbeit vor drei Jahren: Ursprünglich war Medusa schön. Als Pallas Athene sie jedoch bei einer Buhlschaft mit Poseidon in einem ihrer Tempel überraschte, verwandelte sie sie erzürnt in jene Gestalt, als die sie gefürchtet war. Der Anblick der Medusa ließ jeden zu Stein erstarren. Ein Schutz gegen Feinde. In ihrem Traum waren die Schlangenhaare gelbe lange Stricke, die sich wie ein Bleimantel auf ihre Schultern gelegt hatten.

Gedanken umkreisen sie, kreisen um sie herum und legen immer engere Ringe um sie: Das Foto. Warum trägt sie es noch immer mit sich herum? Sie zieht es, wohl zum hundertsten Male, aus ihrer Jackentasche, spürt dem Schmerz nach, wie als Kind, da sie den Schorf am Knie abkratzte, die Wunde wieder aufriss und zusah, wie diese erneut zu bluten begann. Warum? Es gibt so viele Fragen, doch die junge Frau mit dem Strohhut in der

Hand redet nicht. Festgewachsen in der Zeit …
Sie hat schöne Beine. Alles ist schön an ihr. Die
langen blonden Haare wehen im Wind. Locken
fallen in die Stirn. Die großen Augen haben die
Farbe von Gletschereis. Ein Zwinkern mit dem
rechten Augenlid? Ein Schatten auf der linken
Gesichtshälfte, der sich verändert und sobald er
sich bewegt, bewegt sich auch diese Frau.

Immer wieder lässt Laura sich mitziehen in den
Sog dieses Bildes. Die kurze gerade Nase und der
Mund mit der geschwungenen Unterlippe. Ein
angedeutetes Lächeln? Eine Person, gespalten in
zwei. In die, die auf dem Bild lebt und die des
Beobachtenden, des Nacherlebenden. Der Foto-
grafierende bleibt anonym.

Eine erste helle Linie, vom Tag noch nicht in
Beschlag genommen, zieht am Horizont auf.
Morgennebel über dem Fluss, der sich durchs Tal
schlängelt. Ein klares dünnes Licht über den Wiesen. Aber Laura sieht es nicht. Nicht heute. Sie
kann nicht frei atmen und ihr Lindenbaum hat
keine Antwort: Ein Wechselbad der Gefühle. Wie
konnte sich der Vater von dieser Frau verführen
lassen? Hat er sie geliebt, oder wer hat hier wen
geliebt? Männer sind Gefangene ihrer Eitelkeit,
das müsste sie eigentlich wissen!

Ob die in die Kamera Lächelnde schon von einem Kind weiß? Im Hintergrund eine Decke auf dem Boden mit etwas Violettem darin. Das Violett kann auch rot gewesen sein. Das Foto ist verblichen. Auf dieser Decke ein Kind gezeugt? Liebe? Leidenschaft? Oder hatte das junge Mädchen auf dem Foto einen Auftrag? *Wir brauchen selbstbewusste, kämpferische Staatsbürger für unser Land* …

Nein, das ist zu makaber.

Das war im dritten Reich so!

Fragen über Fragen, die ihr Inneres zerrütteln.

Wie an jedem Morgen begegnet ihr auf dem Rückweg eine ältere Frau mit ihrem Hund. Als sie an ihr vorbeiläuft, zieht sie den Hund zu sich heran – wie an jedem Morgen, ein freundlicher Blick. Nur heute ist alles ganz anders. Heute steckt dieses Foto in ihrer Jacke. Jetzt besteht ihr Dasein aus zwei Hälften, ein Davor und ein Danach.

Sie denkt an Filme, an Romane. Plötzlich besinnen sich Frauen darauf, dass sie auch Mütter sind … Sie muss hier weg, weit weg, um nicht gefunden zu werden. Zuvor wird sie dem Vater das

Foto zurückgeben und … mit ihm über die Mutter sprechen. Sie versucht ihre Atmung dorthin zu lenken, wo der Schmerz sitzt …

An der Ecke, wo der Park endet und die Sigmund-Freud-Straße beginnt, kommen die Schulkinder ihr entgegen. Schwatzend, lachend, und in der Schulmappe klappern fröhlich die Brotbüchsen.

Und wenn sie sich jemals sicher ist, dass der Mensch eine Seele hat, dann ist es in diesem Moment, da sie die Amsel auf einem Dachfirst singen hört.

III.

Zwei Sicherheitsbeamte kommen auf Maja zu: „Dürfen wir Sie bitten, mit uns zu kommen?" Wie in Trance sieht sie vom Flughafenterminal aus, wie die Maschine der Lufthansa in den Himmel aufsteigt, dann wird sie in einen kleinen fensterlosen Raum geführt. „Nehmen Sie Platz", einer der Beamten zeigt auf den Holzstuhl, der an der Wand neben einem kleinen Tisch steht. Sie setzt sich. Ein Ventilator kreist über ihrem Kopf.
„Wir müssen Ihre Personalien überprüfen!"

Was ist passiert? Sie ist in einem Zustand der Starre, wie ein Tier, das bei Gefahr sich damit schützt.

Sie versucht sich zu entspannen, schließt die Augen und holt Erinnerungsbilder hervor. Filmsequenzen. Szenen rollen auf der dunklen Leinwand ihres Bewusstseins ab und sie hat das Gefühl, dass das Gedächtnis auswählt …

Nachtwache

Wie ein Lauffeuer verbreitet sich die Nachricht
…

Als sie aus dem Bus steigt, hört sie die aufgeregten Stimmen der Dorfbewohner. Wortfetzen, die sie nicht versteht.

Erregtes Stimmengewirr … irgendetwas ist passiert.

Sie hängt ihre Reisetasche über die Schulter und verlässt die Bushaltestelle. Das Kopfsteinpflaster, der Fußweg, die Häuser, unberührt vor dem Verstreichen der Zeit.

Sie läuft durchs Dorf wie mit einer Tarnkappe versehen. Sie sieht und erkennt, keiner erkennt sie. Eine Wahrnehmung, die sie unangenehm berührt. Im Dorfkonsum an der Ecke will sie noch für ihre Mutter Pralinen kaufen. Sie betritt den Laden und reiht sich ein in die Schlange der Wartenden. Es gibt Orangen, pro Familie ein Kilo. Man wirft ihr neugierige Blicke zu.

Die zwei Frauen vor ihr tuscheln miteinander: „In dem kleinen Waldstück unten am Bach hat man Schüsse gehört."

Sie könnte die Dorfstraße nehmen, dann zur Schustergasse und an der Friedhofsmauer entlang gehen, aber sie entscheidet sich für die Abkürzung durch das Wäldchen.

So geht sie den kleinen Wiesenweg entlang, an Bauer Köppens Gehöft vorbei zur Waldschneise. Hoch über ihrem Kopf schwarzgrüne Nadelmäntel und darunter streng ausgerichtet die Stämme der Kiefern, endlos gereihte rötliche Stelen. Feuchtigkeit dringt erbarmungslos in ihre Sachen. Sie stellt die Tasche auf den Boden, zieht die Jacke eng um sich, greift in ihr Haar und zurrt den Gummi fester um den Zopf, als wären die Gedanken darin und als könne sie diese so besser den Bäumen mitteilen.

Ihr erster Nachtdienst im Krankenhaus. Fast täglich starb des Nachts jemand. Alte und neue Ängste trafen aufeinander: Die Angst vor der Dunkelheit – als Kind schaute sie regelmäßig vorm Einschlafen nach dem Wolf unter dem Bett –, und die Angst vor der Verantwortung und dem Tod. Die schwarze Finsternis hatte Nacht für Nacht ihre Krallen ausgestreckt. Der Wind knatterte an den Fensterscheiben. In den Heizungsrohren knackte es gespenstisch.

Einzig verlässlich das gleichmäßige Klacken des Zeigers der Wanduhr, er zog schwarz und groß auf dem Zifferblatt seine Bahn. Sie saß, fernab vom pulsierenden Großstadtleben, mit dunklen Ringen unter den Augen und bewachte kranke Menschen, und hätte doch so gern studiert. Der Beruf des Vaters erlaubte das nicht. Eine neue Intelligenz sollte heranwachsen …

Wenn das Klingelzeichen ertönte und das rote Lämpchen über der Tür blinkte, zuckte sie regelmäßig zusammen.

Sie hätte es so gern gemieden, das Sterbezimmer. Ihr Herz war wie ein harter Klumpen, unten in ihrer Kehle, wenn sie dieses Zimmer betrat. Ein nachtdunkler Raum, nur an der Fußleiste neben der Tür von einem schmalen Licht beleuchtet. Ein bleiches Fensterviereck, halb vom Vorhang abgedeckt. Die Apparate, Kabel und Infusionsschläuche waren zu schattenhaften Attrappen geschrumpft. Ein Röcheln unter weißem Leinen, halbgeöffnete Lippen – blau. Ein letztes Aufbäumen – der Körper sammelte noch einmal alle Kraft in sich zusammen, der Mund formte etwas. Lautlos. Die Augen ein leeres Wort. Ein verschwiegener Schrei? Ein letztes Zucken …

Ein Toter ist nicht einfach nur kalt. Nein, totkalt.

In der darauffolgenden Nacht war das Zimmer wieder neu belegt. Madame Lucie, sagten die

Schwestern, verdrehten die Augen, und schüttelten mit dem Kopf. Es war eine eigenwillige Dame. Sie hat nicht mehr viel Leben vor sich, nur wenige Tage, meinten die weißen Kittel –, und gerade das machte diese Frau so lebendig. Sie nahm keine Schlaftabletten, so wenig Schmerzmittel wie nötig, ordnete an, die Lampen in ihrem Zimmer anzulassen: Sie müsse lesen und meditieren können.

So war Maja von einem hell erleuchteten Zimmer überrascht worden, als sie ängstlich mit der Injektion in Madame Lucies Zimmer trat. Sie sah eine blond gelockte Schwerkranke in einem bunten Bettjäckchen lächelnd in ihren Kissen liegen, mit entschiedener Handbewegung die Spritze verweigernd. Ihre kleinen blauen Augen schauten aus tiefen Höhlen auf Maja: Kindchen, du siehst so ängstlich aus. Du bist viel zu jung für diese Arbeit hier, du gehörst ins warme Bett zu deinem Liebsten.

In der nächsten Nacht lehnte Lucie auch die Infusion ab, die Maja auf Anordnung des Arztes anlegen sollte. Sie wolle sich frei bewegen können! Maja musste sich zu Lucie ans Bett setzen und hörte aus den Kissen ihre schwache Stimme: Kennst du Brahms? Sein Requiem? Das Bariton-

Solo? Theo Adam singt es. Ein charmanter Mann, und ihre Augen glänzten. Ich werde mir einen Plattenspieler kommen lassen, dann hören wir beide zusammen diese Musik ...

Ein anderes Mal fragte Lucie mit tonloser Stimme, wie viele Nächte Schwester Maja denn noch wachen müsse ... und hauchte ihr ins Ohr: Brahms. Vergiss ihn nicht! Als Maja sich bei der Stationsschwester in den Kurzurlaub verabschiedete, war Madam Lucie in den frühen Morgenstunden verstorben.

Johannes Brahms ... Sie wird die Mutter nach der Schallplatte fragen.

Haben Bäume ein Rückgrat? Sie richtet sich unwillkürlich auf, streckt sich. Atmet tief, lehnt sich an den Stamm einer Kiefer und fühlt das Holz unter ihren Händen.

Früher war hier eine Schonung und inmitten der jungen Bäume eine Sandgrube. Ein idyllischer Spielplatz. Wenn man tief drinnen auf dem kühlen Sand lag, hatte man nur den Himmel über sich. Die Wolken, die Vögel. Hier konnte sie oft, stundenlang im Sand liegend, die Wolkenbilder beobachten. Sie wählte sich eines aus und schaute so lange, bis sie darin eine Form erkannte. Wolkengesichter. Wolken als Verwandlungskünstler.

Einmal – sie erinnert sich noch genau –, waren dort, wo eine neue Wolke über den Grubenrand herankam, dort wo das Wurzelwerk der Kiefern über den Sand hinausragte, plötzlich zwei Lederstiefel, derb und schwarz, mit tiefen Einkerbungen in den Sohlen. Ein Gesicht starrte herunter. Große dunkle Augen. „Ein Russe", flüsterte eines der Kinder. Sand rieselte herab. Die Kinder schauten nach oben und wurden stumm. Ein Russe im Wald bedeutete Gefahr. Mutters Angsttaugen hatten sie es spüren lassen. Als sie am Abend dem Vater davon erzählte, schaute er ernst und traurig: „Das sind russische Soldaten. Sie leben eingesperrt in Kasernen. Sie sollen uns und unser Land bewachen. Sie sehnen sich nach ihrem Zuhause. Und manches Mal versuchen sie zu fliehen."

Am Wegesrand, dort wo der Forstweg beginnt, liegen Baumstämme, akkurat aufgeschichtet. Es duftet nach frischem Kiefernholz.
Die Bäume, denkt sie, ihr ganzes Leben aufrecht stehend, stürzen beim Fällen. So atme ich etwas von ihrem Schicksal ein. Zwischen den Jahresrin-

gen tropft Harz. Sie bluten, hatte der Vater gesagt. Und sie hatte gefragt: Haben sie ein Herz?

Aus dem Waldboden kriecht schon der Geruch
von Herbst.
Der Pfad ist glitschig. Die Wurzeln sind mit Kiefernnadeln und Buchenblättern zugedeckt. Vereinzelt wird das Laub vom Windstoß in die Lüfte
gewirbelt, zerblasen, und dann taumeln die Blätter
zu Boden.
Vorsichtig balanciert sie über den Waldweg.
Der kleine Weg führt hinunter an den Bach und
über eine Brücke zum Elternhaus. Ein Pfarrhaus,
eine Haustür, die nur nachts verschlossen wird.
Am Tag steht die Tür für jedermann offen. Leute
können kommen und gehen, wann immer sie
wollen. Der Vater, den die Leute sprechen wollen, ist meist im Hof oder Garten zu finden. Er
mistet den Hühnerstall aus oder gräbt in der Erde. Das lieben die Dorfbewohner. Er ist einer
von ihnen und doch einer von da ganz oben.
Sie freut sich auf das freie Wochenende. Sie
schlägt die Richtung zur Holzbrücke ein, erreicht
den sprudelnden Bach.
Der Bach, Schüsse, von denen die Dörfler
sprachen. Ein Frösteln. Nun doch Furcht? Sollen

sie erzählen, die Leute. Manchmal erzählen sie Schauermärchen, um sich wichtig zu machen.

Das vertraute Plätschern, ein Stück Erinnerung. Die Spiele der Kindheit, frei und unbeschwert. Vergangenheit war noch ein fremdes Wort, damals.

Am Bach hatten sie gespielt. Steine werfen, Wassertreten, Angeln. Sie hatten sich Dämme gebaut, aus Baumrinde und Borke Schiffchen. Einmal, es hatte am Tag zuvor geregnet und der Bach war zu einem reißenden Strom geworden, da gerieten die Boote beim Aufsetzen auf die Wasseroberfläche in Not, sie tanzten über die Strömung, über die Wirbel, kämpften mit dem launischen Wasser, kenterten schließlich und blieben im Gesträuch hängen.

.Nur das Boot von Tobias hielt der Strömung stand. Er hatte lange daran geschnitzt und kunstvoll mit Stöckchen und Blättern ein kleines Segel gebastelt. „Mein Onkel arbeitet auf der Schiffswerft in Wismar", sagte er stolz. Kaum hatte er die Segel gehisst, glitt es auch schon davon, sein Boot. Auf und ab und unbeirrt, es blieb nirgendwo hängen. Offenbar hatte es ein Ziel.

Tobias rannte den Bach entlang, seinem Kunstwerk hinterher, zwischen kleinen Birken und Sträuchern schlängelte sich das Wasser, am Forsthaus vorbei, an der Baumschule – die schon damals nur dem Namen nach existierte. Nadeln und Laub stachen ineinander, eine Wildnis, die kein Gesicht trug – durch saftig grüne Wiesen ins Unendliche.

Dann war Tobias lange Zeit verschwunden. Als er langsam mit hängenden Schultern, zerrissener Jacke und zerzausten Haaren am Spielplatz wieder auftauchte, jammerte er: „Mein Boot ist weg. Die haben es mir geklaut."

„Wer ist d i e?" Tobias war verstört und stotterte: „Das Boot ist in einem Stacheldraht hängen geblieben und als ich es befreien wollte, standen da zwei Männer mit einem Gewehr."

Abends, als sie zu Hause von Tobias erzählte, hatte sich Mutters Blick umwölkt und in Vaters Blick spiegelte sich Mutters Sorge, als er sagte: „Ihr dürft nie weiter gehen, als bis zur Baumschule", und etwas von … Gefahr und Bewachung.

Damals gab es dort nur einen Drahtzaun, der das Gebiet zum Westen hin abgrenzte.

Inzwischen beginnt unweit des Dorfes die soge-
nannte Sperrzone zum Westen, Bewachung vor
dem Eindringen des Feindes, antifaschistischer
Schutzwall. Einige sprachen vom Todesstreifen

Dünner Nebel hängt in der Luft und lässt alle
Konturen der Wirklichkeit verschwimmen. Kaum
dringt noch Licht durch die Baumwipfel. Die
Pappeln am Bach. Ihre Blätter, silbrige Messer,
die die Luft zerschneiden. Sie rascheln nicht, sie
rauschen.

Das Haus ihrer Kindheit liegt direkt neben
dem Friedhof. Unter Buchen und Kiefern ruhen
die Toten. „Ein Toter, um den viel geweint wird,
wird zu einem Baum", hatte die Mutter gesagt.
Im Herbst trug der Wind das Laub der Buchen
zum Garten herüber. Es wirbelte um das Haus
herum und deckte Mutters Gemüsebeete zu.
Die Gräber waren für die Kinder Blumenbeete
mit Namen. Wenn schwarze Gestalten mit ge-
senkten Köpfen hinter einem blumenbestückten
Holzkasten herliefen, überkam sie ein leichtes
Gruseln, und sie versteckten sich so lange hinter
dem Wachholder, bis der Kasten langsam, von
Blasmusik begleitet, in der Erde verschwand.

Beinahe wäre sie auf dem Waldweg hinge-
rutscht. Sie hält sich am Stamm einer Kiefer fest
und …, da liegt jemand. Ein Mann. Dreckver-
schmiert, mit einer Blutkruste über der rechten
Augenbraue.

Sie schaut, denkt: Der Schuss, von dem die Leute
redeten? Sie läuft hin, beugt sich über den Körper. Instinktiv tastet sie nach dem Puls.
Pflichtbewusstsein, Verantwortung lassen sie nie-
derknien, noch einmal die Finger an die Stelle der
Halsschlagader legen: Der Mann lebt! Sie zerrt an
ihm. Er ist zu schwer. Stabile Seitenlage und unter den Kopf ihren zusammengerollten Schal,
dann will sie losrennen, hält einen kurzen Moment inne:

Das Gesicht. Ich kenne den Mann! Wie in einem Nebelschleier steigen vor ihrem Auge Buchstaben auf, steil gestellt, leicht nach links geneigt.
Blaue Füllhaltertinte: *Alles was du tun kannst, wird
in Anschauung dessen, was getan werden sollte, immer nur
ein Tropfen statt eines Stromes sein …* Albert Schweit-
zer, Poesiealbum, letzte Seite. Sie hatte lange gezögert, ehe sie ihm das Album gab. Damals,
zwölfjährig. Er, ein Freund des Hauses und nach

dem Abitur Arbeiter in der nahe gelegenen Papierfabrik …

Rosen, Tulpen, Nelken, alle Blumen welken, so schrieben die Mitschüler. Die Lehrer schrieben Goethe oder Schiller. Er schrieb anders. Sie verstand die Worte nicht, aber sie hatte Zeile für Zeile auswendig gelernt, in der Hoffnung, die Worte irgendwann zu verstehen.

Es begann mit dem grauen Klemmrücken. Verbotene Literatur. Die Junge Gemeinde hatte es geschafft, diese in einem Klemmrücken zu bündeln.

Dünnes Papier, blau-violette Schriftzeichen der Schreibmaschine Marke Olympia. Das Vervielfältigungsgerät, ein Hektographiergerät – Matrizen, Ormigpapier, lila Druckfarbe. Das Gerät wurde mit der Hand bedient, Seite um Seite. Einige Jungen hatten dem Vater beim Kopieren geholfen.

Und neben dem Klemmrücken lag der Entwurf für ein Protestschreiben:

In der Stadt, so erzählte man sich, solle eine Kirche gesprengt werden, weil sie nicht in das moderne Stadtbild passe. An dem Abend, als das Unglück hereinbrach, kam Friedhelm etwas später. Die anderen saßen schon gemütlich bei Tee und Gebäck zusammen. Musik eines Liedermachers, aus dem Westradio auf ein Tonband aufgenommen, füllte den Raum. Auf dem Tisch lag der graue Klemmrücken. Friedhelm war zum Tisch gegangen, hatte den Klemmrücken genommen und darin geblättert.

Sie erinnert sich noch an die spannungsgeladene Stille. Alle schauten auf ihn. Er las laut: „Allgemeine Erklärung der Menschenrechte", blätterte weiter, las und stockte: „Man macht eine Revolution, indem man aufbegehrt." Friedhelm schaute in die Runde: „Eine Revolution? Das geht zu weit!"

Sie versucht sich zu erinnern, was alles an jenem Abend geschah, aber sie weiß es nicht mehr, sie war wohl zu jung, um zu verstehen.

Am nächsten Tag wurden drei Jungen verhaftet.

Der Vater fuhr in die Kreisstadt, er kam am Abend nicht zurück. Die Mutter weinte.

In der Stadt, so hieß es, hatte man Gitarre spielende Gruppen auseinandergerissen. Störung des sozialistischen Zusammenlebens. Eine dunkel, düstere Stimmung, es spitzelte allerorts.

Erst am darauffolgenden Sonntag stand der Vater wieder auf der Kanzel. Nur einige wenige

Worte schlugen sich in ihr Verstehen durch, Wahrheit und Lüge, die bedrohlich dicht beieinander lägen, und er sprach so seltsam von Kirche im Sozialismus. Eine undefinierbare Gehetztheit war in seiner Stimme, als predigte er zu unsichtbaren Augen und Ohren.

Nur langsam kam die alte Fröhlichkeit in ihm zurück.

Friedhelm arbeitete weiterhin in der Papierfabrik: Ein Stasispitzel, flüsterte man und machte fortan einen großen Bogen um ihn.

… immer nur ein Tropfen, statt eines Stromes …, sie hatte bitter lachend die Worte aus sich herausgeschrien und die Seite wütend aus dem Album gerissen.

Gedanken, wie ein Glassplitter im Auge: Friedhelm. Jetzt liegt er hier, weiß im Gesicht. Die Blässe des Todes?

Sie muss zum Telefon. Fünf Minuten sind es noch bis zum Elternhaus.

Sie läuft. Sie rennt. Ihr Atem geht schwer.

Zwischen den Kiefern schimmert schon der rote Backstein, friedlich liegt das Haus vor ihr. Vertrauter Geruch von Rauch aus dem Schornstein.

Sie stürzt zur Haustür.

Die Mutter kommt ihr im Hausflur mit offenen Armen entgegen: „Willkommen! Was ist? Du bist so blass und nervös." Sie läuft an der Mutter vorbei zum schwarzen Telefonapparat, der auf dem Flurbänkchen steht, sie reißt den Hörer an sich. Eine Hand nimmt ihr den Telefonhörer ab und legt ihn wieder auf die Gabel: „Was ist?", der Vater umfasst mit beiden Händen ihre Schultern.

„Du warst so lange nicht bei uns und nun stürzt du hier so herein. Was ist los?" Durch den Türspalt sieht sie den liebevoll gedeckten Abendbrottisch, Tränen rollen ihr übers Gesicht. Sie lässt sich in die Arme des Vaters fallen: „Da draußen, nahe der Brücke, am Bach", lauter Wortfetzen stammelt sie in den Vater hinein.

Ein Zittern erfasst ihren Körper. „Er ist bewusstlos, Friedhelm. Ein Notarzt muss her. Schnell." Jetzt erst lösen sie sich voneinander – Vater und Tochter. „Friedhelm, sagst du? Bist du dir sicher?" Sie nickt und lässt sich auf einen Stuhl fallen. Vaters Gesicht, eine müde Haut unter tief liegenden Augen, graue Strähnen im Haar, er ist alt geworden, denkt sie. „ Ich rufe meinen Freund, Dr. Werner."

Es ist später Abend. Dr. Werner hat den Patienten untersucht, ein Kreislaufmittel gespritzt, den Blutdruck kontrolliert und wortlos die Wunde an der Augenbraue versorgt. Ein banges Schweigen hängt im Raum. Der Bewusstlose liegt, mit einer warmen Decke zugedeckt, auf dem Sofa.

Im Schweigen holt jeder seine eigenen Erinnerungen hervor. Bis Dr. Werner schließlich die Stille durchbricht: „Der Patient muss ins Krankenhaus eingewiesen werden. Verdacht auf Herzinfarkt."

Plötzlich kommt Bewegung in den kranken Körper. Die schmalen, farblosen Lippen formen ein Wort. Der Vater springt vom Stuhl auf.

Friedhelms Augen öffnen sich, es ist als steckt da etwas fest in seiner Kehle, als sperren und verkeilen sich Wortketten in ihm: „Ich wollte fliehen ..." Seine Augen starren zur Zimmerdecke, er haucht unverständliche Silben in den Raum, Worte zerplatzen wie Blasen auf seiner Zunge: „... frei sein", Friedhelms Atem ist flach und mühsam.

Die Zeiger der Uhr auf dem Tischchen zittern einen Moment lang auf der Stelle.

Ein letzter Atemzug, dann klappt der Kopf zur Seite. Der Vater beugt sich über den Toten, schließt ihm die Augen.

Dr. Werner tastet nach dem Puls.

Im Zimmer ist es dunkel, nur die Stehlampe wirft einen schwachen Lichtbogen auf die Sofaecke. Die Mutter steht auf und öffnet einen spaltbreit den Fensterflügel. Von der Kirchturmuhr her dringen zwei harte Schläge herein. Todesursache durch Herzversagen, schreibt der Arzt auf den Totenschein.

Majas Gedanken wandern zum Poesiealbum. Sie hätte die herausgerissene Seite jetzt gerne in den Händen gehabt.

Wie geht der Vers weiter?

Sie überlegt und bewegt ihre Lippen unmerklich:

... gibt deinem Leben den einzigen Sinn, den es haben kann, und macht es wertvoll.

Die Trauergemeinde auf dem Friedhof ist klein.

Es hat dem Herrn über Leben und Tod gefallen, zu sich zu nehmen ...

Floskeln, denkt sie, und etwas zerbröckelt in ihr.

Das Haus von Gegenüber

Es hat etwas Vornehmes, das Haus. Ein heller Putz, eine weißlackierte Eingangstür und zu beiden Seiten der Treppenstufen stehen mit kleinen Säulenwachholdern bepflanzte Terrakotta Töpfe. Maja Muray steht am offenen Fenster ihrer Wohnung und schaut bewundernd auf das Haus. Wie sie das nur geschafft haben?, denkt sie. Ein langer Atem ist nötig, um in ihrem kleinen Land ein Haus zu bauen. „Vor einem Jahr sind die Schellenbergers dort eingezogen. Fast drei Jahre haben sie daran gebaut", so die Worte des Vermieters, als er den Murays die Schlüssel zur neuen Wohnung übergab.

Maja spürt das Licht der warmen Frühlingssonne auf ihrem Gesicht. Die Forsythiensträucher im Garten der Nachbarn explodieren förmlich und treten in Wettstreit mit dem leuchtenden Gelb der ersten Löwenzahnblüten. Im Gebüsch versteckt, zwitschern Vögel ihre Liebeslieder.

Erinnerungen an das Haus am Wald, das Haus ihrer Kindheit. An den Außenwänden bröckelte großflächig der Putz und gab die Backsteine frei. Das Dach war an einigen Stellen kaputt und die Mutter hatte auf dem Boden mehrere Schüsseln aufgestellt, um das einsickernde Regenwasser aufzufangen. Die Holzveranda hing farblos an der Giebelseite und die kleine Tür zum Garten schief in den Angeln. Maja sieht sich zwischen Himbeer-, Stachelbeer- und Johannisbeersträuchern herumstreunen. Auf dem Gemüsebeet die ersten Radieschenpflanzen.

Zwischen der dunklen Erde blitzte es rosarot. Die Versuchung, an den grünen Büscheln zu ziehen. Enttäuschung, wenn man nur eine Wurzel in der Hand hielt.

Maja pflückte Gänseblümchen, und die Mutter zeigte ihr, wie man daraus einen Kranz flechten konnte.

Oft sah sie damals ein fremdes Mädchen am Gartenzaun stehen und wie es durch die Zaunlatten zu ihr herüberschaute. Maja winkte dann, aber das Mädchen reagierte nicht. Stumm lehnte es am Zaun, mit großen schwarzen Augen. Als Maja auf der Schaukel saß, sah sie das Mädchen über die Straße zur alten Dorfschule gehen. Es verschwand hinter der breiten, dunklen Haustür. Dort drüben waren acht Familien untergebracht. Flüchtlinge, sagte man.

„Wo soll ich das Regal für die Einweckgläser auf-
stellen?" Peter steht mit den Holzbrettern im
Türrahmen.

„Mm …", sie überlegt, trennt sich von Haus und
Erinnerung, und geht zum Balkon. Die Arme
über der Brust zusammengefaltet schaut sie auf
ein ganz anderes Gegenüber. Graues Gestein von
Plattenbauten. Irgendwo aus dem gegenüberliegenden Beton dröhnen unermüdlich immer gleiche Takte einer Schlagermelodie. Im Innenhof
weint ein Kind und das Bellen eines Hundes
echot von der Häuserwand herüber. Maja dreht
sich fragend zu Peter: „Hier unter das Fenster,
vielleicht? Was meinst du? Auf dem Balkon können wir doch sowieso nicht sitzen." Ihr fröstelt.
Da spürt sie Peters Arme. Er legt sie von hinten
um ihre Schultern, die großen Hände wandern an
den Ellbogen entlang zu den Hüften: „Du klingst
nicht sehr fröhlich", murmelt es an ihrem Ohr.
Sie spürt die Wärme seines Körpers. „Unsere
Wohnung liegt zwischen zwei Welten. Hier graue
Plattenbauten, dort das Einfamilienhaus im Grünen."

„Tja, da zaubern wir doch einfach mal den Balkon auf die grüne Seite! Weißt du noch, wie gut
wir immer zaubern konnten?"

„Ach, du kleiner Zauberer", und schon kann Maja wieder lachen.

Eines Abends – vor einem Monat ungefähr – war Peter aufgeregt von der Arbeit gekommen: „Wir können eine Wohnung haben. Neubaugebiet Ernst-Thälmann-Straße." Maja wären fast die Abendbrotteller aus der Hand gefallen, die sie gerade auf dem Schreibtisch platzieren wollte. Einen Esstisch gab es in dem kleinen möblierten Raum nicht. Die Vermieterin des Zimmers war eine mürrische alte Witwe, die in unregelmäßigen Abständen, mit kaum vernehmbarem Klopfen, plötzlich im Türrahmen erscheinen konnte: „Alles in Ordnung?" Ein kontrollierender Blick glitt über ihre Möbel und drohte sich in ihren Nippes zu verheddern, die aus der Dunkelheit der schweren Glasvitrine herüberfunkelten. Ihre letzten Worte: „Schlafen Sie gut", hatten immer eine anzüglich spitze Tönung, ehe sie nach draußen schlurfte.

An diesem Abend also war Peter mit der Wohnungsbotschaft hereingeplatzt, dann erst noch einmal im Bad verschwunden, ehe er sich auf den Hocker vor seinen Abendbrotteller gesetzt hatte, eine Scheibe Toastbrot durch die Luft sausen ließ, mit dem Messer gestikulierte, um erneut von einer neuen Wohnung zu faseln. Maja hatte sich in den abgeschabten Ledersessel neben ihn gesetzt: „… *können haben*, da gibt es doch ein Aber? Wie bekommst du sonst so kurzfristig eine Wohnung?" Maja biss in ihr Wurstbrot, schluckte und sagte dann lachend: „Traf da etwa mein Peter auf einen Kollegen, der Beziehungen zur Wohnungsvergabe hat?" Peter wirkte abgespannt und hatte mit der Antwort gezögert. Maja hatte sich zunächst geärgert: „Peter! Bitte keine krummen Touren!"

Das „Aber", auf das Maja ungeduldig gewartet hatte, kam viel später. Gegen Mitternacht. Die beiden lagen in dem verschnörkelten Eichenholzbett – Gründerjahre Modell. Über ihnen an der Wand schaukelte ein Bild, golden umrahmt, dunkel und ernst, so eines von den Bildern, die nichts weiter zu sagen haben, als dass sie ein Bild sind –, da fragte Maja in geübtem Flüsterton: „Was ist mit der Wohnung? Du hast doch vorhin etwas von einer Wohnung erzählt." Sie hatte sich zusammengerollt, die Knie am Körper. Ihre Haare waren zwei dunkelbraune Flüsse, glatt und glänzend und umspülten ihr Gesicht. Peter hatte seine Lippen darauf gelegt, sie spürte seinen

Atem: „Nun ja, wir kriegen die Wohnung, aber wir müssen so schnell wie möglich heiraten!"

„Mm … willst du das denn?". Mit steiler Falte über der Nasenwurzel und einem vor Anspannung bebenden Kinn, meinte Peter: „Was, die Wohnung? Natürlich! Wie lange sollen wir das hier noch aushalten?"

Durch Majas Gesicht tobten Gefühle, die Peter nicht bemerkte: „Ich meine: Heiraten! Du hast doch nie etwas von heiraten gesagt."

„Ich dachte, du freust dich: Endlich eine eigene Wohnung", Peter holte eine Flasche Weißwein unter dem Bett hervor und sie tranken Schluck für Schluck aus der Flasche. Warm und wohlig und leicht wurde ihnen.

Peter hatte den Kopf in die Beuge ihres Halses gelegt. Ihr Atem verschmolz in langsamer Gleichmäßigkeit. Minuten waren verstrichen, dann bebte es plötzlich in den Kissen und als Maja mit ihrem Gesicht daraus auftauchte, hatte sie sich zwei runde Tränen in die Augen gelacht:

„So plötzlich heiraten? Sie werden alle denken, wir bekommen ein Kind! Stell dir meine Eltern vor … oh je, oh je … *Wie unzüchtig*, werden sie sagen", und lachte in den letzten Satz hinein.

„Nun, wenn sie so denken ..., dann ...", flüsterte Peter an erregter Brust.

Ihre Muskeln entspannten sich, ihr Körper gab nach und die alten Spannfedern des Bettes knarrten.

Maikäfer flieg, dein Vater war im Krieg, Mutter ist aus Pommernland, Pommerland ist abgebrannt ..., so sangen die Kinder manchmal auf der Straße, wenn Maja mit einer Kanne über den Dorfplatz zum Bauern gehen musste, um Milch zu holen. *Krieg* und *abgebrannt*, das waren böse Worte, das spürte sie, und sie schämte sich dafür. Die kleine Familie durfte in das Haus am Wald einziehen, von Amts wegen. Der Himmel hat den Vater geschickt, sagten die Dorfbewohner.

Die kleine Dorfkirche, vom Kiefernwald umgeben, war Sonntag für Sonntag bis auf den letzten Platz gefüllt. In diesen Nachkriegszeiten brauchten die Menschen etwas, an das sie glauben konnten. Geborgenheit. Trost. Vertrauen. Hoffnung und Zuversicht. Worte, die der Vater in seinem Inneren wie Juwelen in einer kleinen Schatzkiste all die Kriegsjahre hindurch sorgsam gehütet hatte. Jetzt konnte er das Kästchen öffnen ...

Ein Hof mit angrenzendem Hühnerstall, eine Glucke, die Eier ausbrütet und das ungeduldige Warten. Maja schlich sich zum Nest, immer und immer wieder. Dann, eines Morgens war es soweit, ein Piepsen unter den Flügeln der aufgeplusterten Henne. Die Küken hatten sich frei gepickt. Schalenteile klebten noch an ihnen. Sie rappelten sich hoch und machten erste Probeschrittchen. Maja durfte ein Neugeborenes in die Hand nehmen. Sie fühlte die Wärme, den Pulsschlag und den zarten weichen Flaum. Sie saß still, schaute und redete leise mit dem kleinen Wesen.

In der neuen Wohnung sprechen Peter und Maja Muray anfangs noch leise, nur flüsternd miteinander. Jahrelanges Training. In ihren Gehörgängen tummeln sich noch die schlurfenden Schritte der Wirtin. Auch das Ohr muss umlernen.
Irgendwann verweigern sie sich dieser Erinnerungen und lassen dem Vorrat an Worten freien Lauf, aufgestauten Zärtlichkeiten auch. Große farbige Blüten, die durch die Räume gleiten. Wolken von Musik – Vivaldi, Mozart – aus dem Kassettenrekorder dröhnend.
Die neue Wohnung erstrahlt im Licht der Frühlingssonne. Maja ordnet hier und dort. Stellt den

Esstisch an die schmale Wand in der Küche, dann doch wieder ans Fenster. Ein fröhliches Hin- und Herräumen von Möbelstücken. Im Schlafzimmer rückt sie an dem Spiegelschränkchen, mustert im Vorbeigehen ihr Spiegelbild und … sieht auf das Haus: „Wie sie es nur geschafft haben, die Schellenbergers. Stell dir mal die Frau Schellenberger am Betonmischer vor! Eine Schaufel in der Hand, Zement, Sand, Kalk. Wochenende für Wochenende", ruft Maja zum Flur hin, wo Peter werkelt: „Höre ich da so was wie Missgunst in deiner Stimme?"

Auf Nachbars Haus liegt jetzt eine orangefarbene Abenddämmerung und ein großer roter Sonnenball verabschiedet sich am Horizont. Das Haus, angestrahlt und leuchtend von außen. Drinnen schaut es still und dunkel, mit Augen ohne Licht.

Als Peter das Bücherregal aufgestellt hat, beginnt Maja mit dem Auspacken der Bücherkiste. Ein Foto rutscht aus einem der Bücher und fällt geradewegs vor ihre Füße. Schwarzweiß mit gezacktem Rand. Maja hat es verloren geglaubt. Die kleine Fotografie hatte im Kinderzimmer über ihrem Bett im Rahmen von Dürers Hasen geklemmt: Ein erstes Bild mit einem Fotoapparat aufgenommen, den der Vater auf dem Schwarzmarkt für eine Handvoll Kartoffeln erstanden hatte. Maja sieht das achtjährige Mädchen, zart, mit blonden langen Zöpfen. Ein weißes Kleid, eine weiße Tüllgardine aus Mutters Truhe, die es sich über den Kopf gehängt hatte, und darüber einen Blütenkranz aus Gänseblümchen. *Prinzessin im weißen Brautkleid,* hatte der Vater gesagt und Maja das Foto gegeben, damals.

Nun hält sie es wieder in der Hand, das kleine vergilbte Bild, und denkt: Brautkleid?

„Das holen wir nach", meinte Peter, als die beiden vom Standesamt direkt zur Wohnungsbaugenossenschaft pilgerten. Buch der Familie, die zehn Gebote der sozialistischen Moral, Mietvertrag, all das ging problemlos.

Das andere würde sich finden. Kirche und Segen. Zum Haus der Schellenbergers gehört ein gepflegter Garten. Ein sorgfältig gepflasterter Weg, der sich wie ein Fragezeichen durch das Grün des Grases schlängelt. Zu beiden Seiten des Weges gibt es Blumenrabatten. Dort, wo Maja den imaginären Punkt zum Fragezeichenweg sieht, haben die Schellenbergers zwei weiße Gartenstühle aufgestellt, dicht beieinander, davor ein kleiner runder Tisch, weiß. Strahlend weiß. Leuchtend weiß noch abends im Dämmerlicht. Die Gartenmöbel – auf samtenem Grün – haben etwas Lebloses, Verlassenes. Wie das Haus. Manchmal huscht ein Schatten am Fenster vorbei. Wenn die Nachbarin das Fenster öffnet, springt Maja auf und will winken und „Hallo" rufen, aber der Kopf der Nachbarin verschwindet in Sekundenschnelle wieder. Herrn Schellenberger sieht sie regelmäßig am Wochenende in einer Rauchwolke von Abgasen. Der Rasenmäher tuckert laut über das Grün. Der Rasen wird kurz geschoren. Englischer Rasen, sagt man.

Der Vater hatte auf einem alten Schrottplatz eine Sense gefunden. Er wusste, wie man sie dengelt und mit gleichmäßigen Armbewegungen über den Boden führt. Es war keine große Gebärde, mit der er die Sense führte, aber rhythmisch und gleichmäßig. Ein leise zischendes Geräusch, unter dem die Gräser und Wiesenblumen hinsanken. Traurigkeit mit Hoffnung gepaart.
Aus Birkenstämmen und einem alten Brett hatte der Vater eine Bank gezimmert. Die stand unter dem Apfelbaum zusammen mit einem alten Tisch aus Eichenholz. Hier spielte sich im Sommer alles ab. Die Mahlzeiten. Die ersten Schularbeiten.

Wenn Maja unterm Apfelbaum saß, fiel manchmal ein angefaulter Apfel ins Gras oder zermatschte auf der Tischplatte neben dem Schulheft.

Die Sonne schien Tag für Tag von einem wolkenlosen Himmel und die ganze Welt duftete nach sattem Grün und Blumen.

„Neureich, spießig", spöttelt Peter. Er reagiert immer mürrisch und ungeduldig, wenn Maja von Schellenbergers Haus spricht. Vielleicht ist es das, was sie so aufregt – was sie jedes Mal, wenn sie am Fenster steht, hinüberschauen lässt? Vielleicht erhofft sie sich ein wenig Leben?

„Warum bauen Leute ein Haus, wenn sie es dann nicht nutzen?" Peters Miene wird düster: „Lass sie doch!"

Es scheint ihr wie ein Fluch, sie muss hinüberschauen, wenn sie früh aufsteht und die Morgensonne lichte goldene Striche auf das gepflegte Grün zeichnet, oder abends, wenn sie sich ankleidet, um sich fürs Konzert fertig zu machen. Oder wenn sie sich zum Schlafen niederlegt. Immer ein letzter Blick hinüber.

Ist sie neidisch? Aber worauf? Das Haus, die weißen Gartenmöbel?

Maja und Peter besitzen nur zwei billige Campingstühle mit bunten Stoffbezügen, aufklappbar, leicht, transportabel. Sie haben ihren Dauerplatz im Auto. Wenn sie am Wochenende ins Grüne fahren, werden die Stühle an einem idyllischen Fleckchen aufgestellt – da stehen sie dann am Waldesrand. Nicht strahlend weiß. Aber belebt. Maja sitzt lesend auf dem wackligen Stuhl. Auf Peters Stuhl liegt sein Pullover, flüchtig abgeworfen, weil er Pilze suchend durch den Wald streift.

An warmen Sonnentagen, wenn Peter den Proviantkoffer und die Thermoskanne über die Straße zum Auto trägt, meint Maja in seinem Blick eine Sehnsucht zu erkennen: „… wir könnten in Nachbars Garten … da sitzt doch nie jemand!"

Plötzlich, von heute auf morgen, im Sommer neunzehnhundertachtundvierzig, waren die Flüchtlinge in dem alten Schulgebäude verschwunden und wenige Tage später belagerten Handwerker das Haus.

Das verlassene Gebäude wurde allmählich wieder zu einer Dorfschule umfunktioniert, einem Raum mit vier Bankreihen. Anfang September begann der erste Unterricht. Ein Neulehrer – Lehrer im Schnellkurs ausgebildet – unterrichtete vier Klassen zu gleicher Zeit. Während Maja „A" und „M" und „O" auf ihre Schiefertafel malte, schrieb der Lehrer Zahlen an die Wandtafel und ließ die Schüler der vierten Klasse das Einmaleins aufsagen. Über ihr, in der Wohnung des Lehrers, quäkte ein Baby.

Pfarrer und Lehrer verband eine Freundschaft, die in der neu gegründeten Republik nicht gern gesehen war. Manchmal drangen, wenn Maja an der Wohnzimmertür vorbei in ihr Kinderzimmer ging, Gesprächsfetzen an ihr Ohr. „Eine neue Diktatur ...", „... hier bleiben, weil man eine Aufgabe hat", – ein Hin und Her von Worten zwischen den Freunden. Worte, die sie nicht verstand.

Eines Tages, Maja war aufgerückt – dritte Bankreihe, dritte Klasse – war plötzlich der Lehrer mitsamt seiner Familie verschwunden. Über die grüne Grenze, sagte man. Bald danach kamen zu Majas Vater zwei Furcht einflößende Männer in dunklen Lederjacken. Der Vater saß gerade am Radio und hielt sein Ohr an den Stoff des alten Holzkastens. Dieser rauschte und knackte, und gab undeutliche Laute von sich. „Rias", sagte man. Und Maja dachte, an einen geheimnisvollen Kobold, der in dem Kasten lebte. Die Mutter war schnell zum Radio gelaufen und hatte den Stecker aus der Dose gezogen, da waren sie auch schon im Zimmer, die Herren, und stellten Fragen.

Maja erspürte die Spannung, die in der Luft lag, schnappte ein Wort auf, oder weniger das Wort, als den Tonfall, in dem es gefallen war. Nur ein falsches Wort, und diese Männer hätten den Vater mitgenommen.

Der erste Sommer in der neuen Wohnung: Neue Freiheit. Neues Glück.

Es ist ein Tag im August. Da klingelt es an der Wohnungstür. Maja und Peter sitzen gerade beim Abendessen. Maja geht zur Tür und öffnet: „Guten Abend."

„Hallo, guten Abend, Herr Schellenberger. Wie nett, kommen Sie doch herein!"

„Nein, danke. Ich möchte nicht stören. Ich habe nur eine Bitte: Könnten Sie unseren Hausschlüssel in Verwahrung nehmen? Wir verreisen."

Peter hört Majas Stimme, überschwänglich, begleitet von überhasteter Freundlichkeit: „Post? Blumen gießen?"

„Nein, danke … nur, falls irgendetwas sein sollte, in Haus und Garten … Sie haben doch immer ein Auge drauf …" Maja ist leicht errötet und hat einen seltsamen Glanz in den Augen, als sie mit Nachbars Schlüsseltasche zu Peter in die Küche kommt. Er empfängt sie lachend: „Ja, ja, der schöne Nachbar", und summt den Schlager: *Die Kirschen in Nachbars Garten* …

Es sind einige Tage vergangen – unerträglich heiße Sommertage – die Schwalben gleiten durch den Innenhof und zerschneiden still die Schwüle. Gegenüber ein Durcheinander von buntem Flimmern, mindestens fünf Wohnzimmer gucken denselben Film. Und irgendwann am Nachmittag ist die Wolke da, groß und dunkel und schon prasselt auch ein plötzlicher wohltuender Gewitterregen hernieder, die Regentropfen schlagen gegen die Fensterscheiben und Maja stürzt ins Schlafzimmer, um das Fenster zu schließen. Peter hat im Wohnzimmer die Stehlampe angeschaltet und es sich im Sessel mit der Zeitung gemütlich gemacht, als Maja ganz aufgeregt aus dem Schlafzimmer zurückkommt: „In Schellenbergers Haus ist jemand … und die weißen Gartenstühle …" und stolpert fast über ihre Worte.

Peter bezichtigt sie der Halluzinationen, steht aber dann doch auf und geht zum Schlafzimmerfenster hinüber. Beim Blick in den Garten sieht auch er die Unordnung der Stühle, die quer über den Rasen verstreut liegen. Der Gartentisch hängt im Forsythienstrauch. Das kann vom Gewittersturm herrühren, aber der dunkle Schatten am Küchenfenster? Sie überlegen, ob sie herübergehen sollten? Schließlich haben sie den Hausschlüssel. „*Wenn irgendetwas sein sollte …,* was haben die Schellenbergers damit gemeint?"

Zwei, drei Tage. Maja stört sich an der Unordnung der Gartenmöbel: „Ob wir vielleicht die Gartenstühle …? Komm Peter …, wir haben doch den Schlüssel", und hofft, dass ihre Stimme nicht vor Neugier vibriert. „Die Nachbarn haben, so kann ich mich erinnern, etwas von einer Woche gesagt."

„Ach, du warst doch gar nicht an der Tür!" Sie zog die Augenbrauen zusammen. Peter sieht zornig aus. Sie hat ihn bisher noch nie so gesehen. Seine senkrechte Falte über der Nasenwurzel macht ihr Angst: „Eine Woche, hat er gesagt, dein Herr Schellenberger."

„M e i n   Herr Schellenberger?" Seltsam, sie schaukeln sich an ein paar Worten hoch und plötzlich ist es wie ein Krieg. Peter hat es geschafft, ihr innerhalb kürzester Zeit fremd zu werden, vielleicht ist es auch sie, die das geschafft hat? Ein Hin und Her von Worten. Dunkel und tief. „Dann gehe ich allein herüber", Maja holt die Schlüsseltasche aus dem Flurschränkchen. „Du kannst hier bleiben. Die Schellenbergers sind wieder zurück", Peter kommt aus dem Schlafzimmer, nimmt ihr den Schlüssel aus der Hand und indem er ihn in den Schrank zurücklegt brummelt er: „Der Herr Schellenberger wird ihn sicher persönlich bei dir abholen." Ein ungewöhnlicher Tonfall in Peters Stimme, der weh tut und ihr Furcht einflößt.

Vom Schlafzimmerfenster aus sieht Maja, dass ein fremdes Auto vor dem Haus steht und das Küchenfenster weit offen. Mit Peter mag sie jetzt nicht reden und sicher hat er auch das schwarz gelackte Auto gesehen …
Mit zittrigen Händen holt sie die Schlüsseltasche nun doch noch einmal hervor und öffnet diese: Da ist kein Schlüssel! Zwei dicke schwere Goldketten und ein Diamantring.
Ein zusammengefaltetes Stück Papier: *Könnten Sie das bitte für uns aufbewahren?*

Das Haus der Schellenbergers bewohnt einen Monat später eine Familie mit vier Kindern. In das samtene Grün wird ein Schaukelgerüst gerammt und in der Nähe der Forsythiensträucher ein Sandkasten angelegt.

Die Fernsehantenne auf dem Dach hat die Himmelsrichtung gewechselt ...

Allmorgendlich, pünktlich um sieben Uhr, fährt eine funkelnde schwarze Limousine, Marke *Wolga*, vor. Zwei, drei, höchstens fünf Minuten, dann kommt der neue Hausbewohner – ein hochglanzpolierter junger Mann mit einem Aktenkoffer aus dem Haus, um unter dem Blech der schwarzen Karosse zu verschwinden. Der Motor startet und das Auto fährt davon. Grundstück und Haus beleben sich. Kinder rennen über die Rasenfläche, Fußbälle fliegen in die Forsythiensträucher. Die weißen Gartenmöbel, an Ruhe gewöhnt, machen einen verwirrten Eindruck.

„Abgehauen", sagt eine Mieterin und deutet mit dem Kopf auf Schellenbergers Haus.

„In Gewahrsam genommen", sagen andere.

Die grüne Grenze, von der man in Majas Kindheit so geheimnisvoll sprach, ist längst betongrau. Den Weg zur kleinen Waldkirche gehen sonntags immer weniger Menschen. Kirche ist was für alte Leute, sagt man.

Maja ganz in Weiß und Peter als ein würdevoller Bräutigam, so kommen sie die Steinstufen hinunter, die aus der Kirche führen. Zu beiden Seiten des Kirchweges grüne Sträucher mit Knallerbsen, weiß und prall. Maja rupft sie in dicken Trauben von den Büschen, hält sie in der Hand, als wolle sie ihre Kindheit noch einmal einfangen und festhalten.

Kleine helle runde Früchte.
Sie lässt sie vor sich hinfallen auf den Granit der Stufen – eine weiß schimmernde Perlenkette.

Lachend balanciert sie darauf. Die Beeren zerplatzen unter ihren Fußsohlen. Sie muss sich konzentrieren, um nicht auszurutschen.

Eine Gratwanderung.

Das Leinenkleid und der Schauspieler

Herzklopfen – Adrenalin, ein Wirkstoff, der die Hohlräume im Körper füllt …

Sie ist in die Stadt gegangen und hat sich im Modegeschäft am Markt ein Leinenkleid gekauft. In ihrem kleinen begrenzten Land ist selbst das Sortiment begrenzt und die Phantasie folgt den vorgegebenen Mustern, so hatte sie keine Wahl zwischen Farbnuancen, Größen und Modellen.

Sie liebt Leinen. Das grobe Gewebe. Von Hand gefertigt. Eine mühevolle Arbeit. Vor ihrem inneren Auge sieht sie die Weberin am Webrahmen, das Weberschiffchen. Ein Hin und Her von geschickten Händen.

Jetzt steht sie im Flur, nimmt das Kleid aus der Tüte und probiert es noch einmal an. Blau steht für Freundschaft, Vertrauen und Sehnsucht, denkt sie. Indem sie sich prüfend vorm Spiegel dreht, stellt sie fest: Das Kleid ist zu lang und in der Taille zu weit. Sie wird es kürzen und Abnäher an beiden Seiten anbringen. Ach, und irgendwo hat sie eine lange Perlenkette, die dazu passen könnte.

Sie läuft barfuss in den Flur, wühlt in ihrem Schmuckkästchen und probiert die Kette.

Bei den Schuhen wird es schwieriger. Wenn sie Schuhdesigner wäre, würde sie ihren Kunden die ganze Farbpalette des Universums anbieten. Nun sitzt sie vor Schwarz und Weiß und kann sich nicht entscheiden.

Schließlich klappt sie die Nähmaschine auf und sucht nach geeigneter Nähseide, befeuchtet den Faden mit ihrer Zungenspitze und führt ihn in das Nadelöhr. Mit geübten Händen hält sie den Stoff. Die Nähmaschine rattert im Rhythmus des Sekundenzeigers ihrer Armbanduhr.

Es ist nicht mehr viel Zeit. In zwei Stunden beginnt im Theater die Premiere. Er ist wieder da! Erinnerungen. Ein Ansturm von Gefühlen, Woge um Woge. Die prickelnde Spannung, wenn sich der rote Samtvorhang langsam öffnete. Die Bilder auf der Bühne, eine Flucht aus der Wirklichkeit in die Welt der Träume. Sie war fasziniert von der Kunst der Sprache.

Einmal im Monat fuhr die Schulklasse in das kleine Stadttheater am Wallgraben. Ein Schüleranrecht. Und irgendwann, in dem Stück: *Einer flog übers Kuckucksnest,* sah sie ihn zum ersten Mal. Die Bewegung des schmalen, fast noch jungenhaften Körpers, die der Hände. Sie hörte seine Stimme. Es war, als ob er die Worte entkleidete. Manchmal schlichen sie sich nur ganz behutsam aus seinem Mund heraus - klangvoll, weich. Dann wieder dröhnten und polterten sie über den Bühnenboden.

Er spielte den Mc Murphy, seine erste Hauptrolle. Sie las alles über diesen Schauspieler und sammelte alle Zeitungsausschnitte, die sie bekommen konnte. Er war noch unbekannt, Student an der Schauspielschule im letzten Studienjahr. Sie brauchte keine großen Poster über ihrem Bett, sie begnügte sich mit seiner Stimme, tauchte ein in seine Wortströmung und ließ sich mitreißen …

Fieberhaft sah sie jeder kommenden Theatervorstellung entgegen.

Nun ist er wieder da. Eine Gastrolle. Er spielt den Wang in Brechts Schauspiel: *Der gute Mensch von Sezuan.*

Die Karten für die Schauspielpremiere sind schon seit Wochen ausverkauft.

Heute wird sie ihn sehen, hören, spüren. Spüren? Ob er sich noch erinnert?

Die erste Teenagerliebe blieb zunächst platonisch. Die Freundinnen neckten: „Du bist verliebt!" Später kicherten sie und stießen sich auffällig an: „Küsst er gut?" Sie bereute ihre Offenheit den Freundinnen gegenüber.

Ein Abgrund hatte sich aufgetan zwischen der Wahrnehmung, die die anderen von ihr hatten und der Art, wie sie sich selbst erlebte.

Ende Mai war die letzte Vorstellung der Theatersaison: *Die Legende von Paul und Paula*. Es gab keine Stückeinführung und die Programmhefte waren knapp. Er spielte den Paul. Mehr musste sie nicht wissen.

Als sie die Naht versäubert und noch Zierknöpfe an ihrem Leinenkleid anbringt, muss sie schmunzeln:

Das Programmheft zu „Paul und Paula" hatte sie später von einem Schulkameraden heimlich zugesteckt bekommen. Man hatte alle Hefte sofort nach der Vorstellung eingezogen. In dem Programmheft gab es ein Nacktfoto von Paula …

Sie hängt ihre Erinnerungsfäden über das Leinengewebe.

Er hatte den „Paul" so genial gespielt, so zu Herzen gehend.

Sogar die ewigen Störenfriede saßen gebannt auf ihren Plätzen. Und sie hielt den Atem an, um in der sie davontragenden Flut von Worten nicht unterzugehen. Dann passierte es …

Sie hatte, wie alle ihre Mitschüler, eine Rose mitgebracht.

Der Direktor der Schule und seine Schüler wollten der letzten Vorstellung - der gelungenen Spielzeit - einen Akzent setzen. Ein Dankeschön an die Schauspieler. Die Blumen sollten am Ende, wenn sich der Vorhang ein letztes Mal öffnete, auf die Bühne geworfen werden.

Ihr Herz flattert erneut bei den Erinnerungen an damals: Sie stand am Ende der Theatervorstellung mit ihrer roten Rose hinter der Bühne und war urplötzlich eingehüllt in die Wärme eines großen kräftigen Körpers.

Die Wanduhr im Wohnzimmer schlägt zweimal.

Es wird Zeit zum Gehen.

Ein letzter Blick in den Spiegel. Das Leinenkleid, die Kette, die Schuhe – ihr Make-up. Das Kleid betont ihre Figur.

Du siehst chic aus, sagt sie zur Spiegelfrau.

Das Schwierigste ist es gewesen, eine Rose zu bekommen – Ende Oktober.

Ob er mich überhaupt erkennen wird? Erinnerungen, in deren Schlingen sie gefangen ist.

Sie zieht den Mantel über, nimmt den Schlüssel vom Brett und verlässt die Wohnung. Die Straße liegt still und leer, Laternen werfen schwache Lichtbögen auf den Boden. Eine klare, kalte Luft bläst ihr entgegen. Vor zwei Tagen war die Straße noch voller Menschen. Mit Transparenten wurde für freie Wahlen, Presse- und Reisefreiheit demonstriert. In wenigen Tagen erwartet die Straße wieder das gleiche Bild, es werden immer mehr Menschen.

Das Theater ist bis auf den letzten Platz gefüllt. Ein Knistern in der Luft. Ihr Herz flattert. Die Rose ist, sorgfältig in Seidenpapier gewickelt, in der Garderobe hinterlegt. Der Vorhang hat sich geöffnet. Das Programmheft liegt aufgeschlagen auf ihrem Schoß. Sie hat seinen Namen gelesen und will in ihre alte Rolle schlüpfen, die des verliebten Teenies, aber es sind Jahre vergangen. Sie schließt einen Moment lang die Augen. In der Dunkelheit dieser Sekunden blickt sie zurück. Sie hat gedacht, es wäre wie bei einem Klassentreffen, wo man nach Jahren aufeinander trifft und wieder in alte Muster verfällt. Aber es ist nicht so. Ihr Schauspieler hat das Jungenhafte verloren. Er strahlt eine Reife aus, die sie auf ganz andere Weise fasziniert. Mit großer Hingabe spielt er den *Wang* in Brechts Stück. Sein Dialog mit den Göttern: „… oh, du schwacher Mensch. Wo Gefahr ist, denkt er, gibt es keine Tapferkeit!"

Mit einem Glas Sekt drängt sie sich in der Pause in eine Ecke des Foyers. Sie sucht einen Ort der Stille, in dem die Gedanken ungehindert fließen können. Sie beobachtet das Geschehen von dem Blickwinkel der Frau, die sie jetzt ist. Das Bild ihres Schauspielstudenten ist verblasst, wie eine Zeichnung, die zu lange dem Licht ausgesetzt gewesen ist, es verschwimmt mit dem neuen Gesicht.

„Maja, was machst du denn hier?" Jürgen, ein Verehrer aus der Schulzeit, tippt ihr von hinten leicht auf die Schultern: „Du bist allein?" Dann lacht er: „Ha, ich ahne … Er spielt gut, wirklich gut. Eine super Leistung!" Sie errötet und ärgert sich zugleich darüber. Jürgen prostet ihr zu. „Bin mal gespannt, ob die hier auch diese Künstler-Resolution verlesen."

„Was für eine Resolution?"

„Du weißt nichts davon?" Jürgens Worte wirken bedeutungsschwer. Sie umspülen Maja wie eiskaltes Wasser.

Die schwarzen Träume der Veränderung sind Wirklichkeit. Bisher hat sie sich am Morgen daraus erhoben und wie aus einem kalten Bad steigend, die lästigen Tropfen abgeschüttelt, um in den neuen Tag hinauszutreten.

Es klingelt. Sie trinken ihren Sekt aus und verabschieden sich, Jürgen mit einem verschmitzten Augenzwinkern: „Schönen Abend noch."

Als sie sich durch die Platzreihe schlängelt, fällt ihr ein, dass sie nicht ein einziges Mal in der Pause in einen Spiegel geschaut hat. Ob das Leinenkleid sehr zerdrückt ist? Und die Frisur? Sie lässt sich in den roten Schalensessel fallen und blättert nervös in ihrem Programmheft, der Vorhang öffnet sich wieder. Die Götter erscheinen Wang im Traum … Wangs Stimme lässt sie erschauern. „Der einzige Ausweg wäre aus diesem Ungemach, Sie selber dächten auf der Stelle nach …"

Und dann der Epilog: „Verehrtes Publikum, los, such dir selbst den Schluss, es muss ein guter werden …" Eine bisher ungekannte, geeinte Lautlosigkeit im Saal, erst dann folgt ein lang anhaltender, tosender Beifall.

Sie hatte gerade die Tanzstunde beendet und ihren siebzehnten Geburtstag gefeiert. Elfte Klasse. Abschlussball. Im Saal des Gasthofs zu den drei Linden stand er plötzlich an der Bar mit einem Glas Wein in der Hand. Die Abendvorstellung war beendet: Arbeitertheater, Kultur fürs Volk. Sie hatte seinen Blick gespürt. Ihr Tanzpartner klebte in eingeübter Tanzhaltung an ihr und zog sie mit schwerfälligen Schritten nach dem Rhythmus eines langsamen Walzers über den Dielenboden. Gegen Mitternacht sah sie sich plötzlich in den Armen ihres Schauspielers. Ihrer beider Bewegungen, eine Trennung, ein Wiederfinden. Die Kapelle spielte und jemand sang dazu: *Rote Rosen, rote Lippen, roter Wein …*, er schaute sie an und sie wurde rot. Ein Kuss streifte ihre Stirn, und im Foxtrottschritt führte der Schauspieler sie über die fast leere Tanzfläche.

Ihre schulischen Leistungen ließen nach. Die Mutter schaute mit besorgtem Blick: „Er ist zu alt für dich", und „… ein Schauspieler …"

Der Vorhang ist gefallen. Stille. Sekunden einer Ewigkeit vergehen. Ihr Schauspieler tritt noch einmal vor den Faltenwurf aus rotem Samt, auf den schmalen Grat von Bühnenrand und Vorhang: „Wir eröffnen unseren Dialog mit der Regierung unseres Landes mit konkreten Vorschlägen und Forderungen …"

Forderungen, das ist sehr gewagt! Ihr wird ganz heiß. Forderungen auf Transparenten in einer riesigen Menschenansammlung auf der Straße sind etwas anderes als die einer kleinen Gruppe, aus dem Mund eines einzelnen.

Jedes gelesene Wort fällt aus seinem Mund, wie ein schwerer, kalter Stein. Kein Beifall, aber Zustimmung liegt spürbar in der Luft, Bewunderung auch. Und eine Bangigkeit, die jeder einzelne Theaterbesucher in sich einschließt und speichert.

Hinter der Bühne ist es ihr wie damals. Ein Glanz des Erkennens, des Erinnerns in seinen Augen: „Du? Wie lange ist es her, dreißig Jahre oder mehr? Das Leben hat dich schöner werden lassen", es soll wohl ein Kompliment sein. Und sie sieht seine müde Haut, eine steile Falte auf seiner Stirn und das leichte Grau an seinen Schläfen. Worte, Sätze gehen hin und her wie kleine Weberschiffchen und schaffen für einen Augenblick ein zusammengefügtes Gewebe, das sie aneinander bindet. Dann sieht sie seine flatternde Unruhe und die Kehle wird ihr eng, als sie seine brüchige Stimme hört, sperrig wie Stacheldraht: „Meine Bühne ist jetzt eine andere geworden. Ich lerne die Rolle des Inhaftierten, der die Gesetze und die Verfassung des Landes bis in jeden einzelnen Paragrafen im Kopf haben muss, um sich gegebenenfalls selbst verteidigen zu können. Verstehst du das?" Sie schaut ihn hilflos an. Ein seltsames Gefühl des Verlorenseins befällt sie.

Als sie an diesem Abend auf die regennasse dunkle Straße hinaustritt, meint sie, mehrere Polizeiautos hinter der Buchenhecke zu erkennen, aufmerksam wie Raubvögel, die, lauernd auf einem Ast, ihr Beutefeld überblicken.

… nicht nur ihr Leinenkleid ist jetzt zerknittert.

Einen Monat später liegt das Kleid unbeachtet in einer Ecke des Kleiderschrankes. Die Erinnerung an die Theateraufführung ist noch spürbar nah in ihr und doch wie außerhalb jeglicher Zeit.

Mit aufgebrochenen Grenzen soll etwas zusammenwachsen. Ein Beben in der Zeit.

Ihr Schauspieler ist frei und gehört so sehr allen, dass es schmerzt. Seine Stimme schallt über den Theaterplatz mit neuer Kraft. Es fliegen Worte durch die Luft – mikrofongesteuert – und bleiben zwischen den Häuserwänden hängen. Wir sind das Volk, dann: *ein Volk.* Deutschland, Deutschland. Die Zukunft ertrinkt noch einmal kurz in der Vergangenheit und schon ist der Marktplatz menschenleer und der Zuschauerraum im Theater auch.

Menschengruppen, in bisher schwer durchschaubaren Beziehungen zueinander, führen Gespräche und jeder lernt jeden nun anders kennen …

.Dann steht er eines Tages vor ihrer Wohnungstür, sein Lächeln schlägt in ihr ein, so dass sie für einen Augenblick wie gelähmt ist. Das Grau an seinen Schläfen scheint höher gestiegen. Sein Lächeln ist weder das von Mc Murphy, noch von Paul, noch von Wang, es ist das Lächeln, in das sie sich schon damals verliebt hatte. Wie viele Türen hat dieses Lächeln aufgestoßen? Einen Augenblick ist der Gedanke in ihr, dann überlässt sie sich dem Ansturm auf ihren Körper, ein Zittern, das von Sekunde zu Sekunde stärker wird. Seine Umarmung ist sanft und warm und im Nacken kitzelt eine Rose, rot und duftend. Als sie sich voneinander lösen und er mit einer Unsicherheit in der Stimme fragt: „Kann ich bleiben?", spürt sie ihr Herz wie einen weichen Schwamm oben in ihrer Kehle.

Es ist ein warmer Sommerabend und sie sitzen bis lange nach Mitternacht auf dem Balkon, ihre Köpfe dicht beieinander. Am Himmel glänzen die Sterne still und hell. Sie spürt, dass sie beide dicht beieinander sind und doch ganz weit entfernt. „Kennst du *Nachtasyl*, das Schauspiel von Gorki?

Es handelt von einem Menschen, dessen Lebens-
hoffnung *das Land der Gerechten* gewesen war und
der die Enthüllung eines Gelehrten, es gäbe dieses Land nicht, nicht ertragen konnte und
Selbstmord beging". Er erzählt von neuen Worten, die wie bunte schillernde Seifenblasen vom
Westen herüberschweben und an seinen Lippen
zerplatzen. „Die einzigartigen Worte der deutschen Sprache sind in Gefahr. Die Wortspiele auf
der Bühne ... Wer will die jetzt hören? Wer will
von Paul und Paula hören und deren Legende?
Oder von Brecht?"

„Ich", sagt sie zärtlich. „Du bist mein Wang!" Sie
will aufheitern und schafft es doch nicht. Ihr
Schauspieler kann erst seine Trauer abstreifen, als
er neben ihr im Bett liegt, seinen Kopf in ihrem
Haar vergraben. Und irgendwann hat er sich in
ihren Armen weit weg geschlafen. Sie atmet den
warmen Duft seiner Haut und findet noch lange
keinen Schlaf.

Der Morgen hat die Nacht verdrängt. Erstes
Licht fällt, gefiltert vom grünen Weinlaub, das
sich an der Brüstung des Balkons hochgearbeitet
hat, ins Zimmer. Sie schaut von der Balkontür
aus auf ihren Wang, der sich in den Kopfkissen

vergraben hat und gleichmäßig atmet, und denkt an den gestrigen Abend: Ihr Schauspieler kam ihr vor wie eine verlorene Seele, die ziellos umherschwebt auf der Suche nach einem Platz, wo er Anker werfen kann.

An diesem Morgen holt sie das blaue Leinenkleid aus dem Schrank und bügelt es sorgfältig mit einem nassen Tuch. Es ist mühsam, die knittrigen Falten zu glätten.

„Das Kleid. Es duftet noch nach Bühne", zwei ausgeschlafene Männerarme legen sich von hinten auf ihre Schultern. Seine Lippen streifen ihren Nacken. Sie stellt das Bügeleisen ab, dreht sich um und schaut in Augen, die leuchten, als wollten sie das ganze Zimmer in Flammen setzen.
„Wir frühstücken auf dem Balkon und dann zeige ich dir meine Stadt", sie strahlt zurück.

Der Tag hat die Stadt mit Sonne überschüttet. Sie führt ihren Wang durch die Straßen, die er nur vom Theater aus kennt. Die schöne Altstadt. Sie liebt ihre Stadt. Die alten Gassen, die Stadtmauer, die Türme, den Dom. Sie verweilen einen Moment lang im Eingangsbereich des Theaters.

Wie wird ein neuer Spielplan aussehen? So wie das Markttreiben vor ihnen? Sie versucht, ihren Wang von schwarzen Gedankengängen abzulenken und zieht ihn zum Marktplatz hin. Auf dem Platz vor dem Rathaus herrscht reges Treiben.

„Das Rathaus mit der großen Sonnenuhr aus dem 17. Jahrhundert ..."

Mit einem Wortsprudel aus Geschichtszahlen und Architektur hat sie ihn unter den Rathausturm geredet. Eine ältere Frau mit einem dickgefüllten Einkaufsbeutel stürzt an den beiden vorbei, schuppst sie zur Seite und schimpft.

Erst jetzt merkt sie, dass ihr Schauspieler unkonzentriert ist. Die Worte, die aus ihrem Mund weitersprudeln wollen, bleiben auf ihrer Zungenspitze hängen. Jetzt spart sie ihre Wörter auf und hortet diese, als drohe später Sprachknappheit und sie müsse Vorrat schaffen. Sie gehen hinüber auf die andere Seite. Nun sehen sie das bunt gewürfelte Durcheinander wie auf einer Bühne.
Einheimische Händler, Bauern aus den umliegenden Dörfern bieten aus eigenem Anbau ihr Gemüse an – Gurken und Tomaten. Ein Obststand mit Äpfeln und Birnen.

Der Besitzer eines himmelblauen Trabants hat seinen Kofferraum zum Gemüsestand umfunktioniert. Unter seiner hochgeklappten Hecktür bietet er Zwiebeln an, liebevoll sortiert nach Größen, und daneben auf einem kleinen Hocker steht seine Geldkassette, daneben ein handgeschriebenes Schildchen: Das Kilo zwei Mark.

Niemand nimmt Notiz davon.

Wie bei einem Spiel – es ist aus, der Einsatz ist verbraucht, denkt sie.

Ihr Rathaus verschwindet hinter einer eingewanderten riesengroßen, gelbgolden leuchtenden Banane, die in den blauen Himmel ragt. Sie bläht sich – aufgeblasen, stolz – neben den aufeinander gestapelten Bananenkisten.

Die leeren Kisten drohen in unordentlicher Manier den Fußweg zu versperren. Der Bananenverkäufer aus dem Westen hat alle Aufmerksamkeit. Er hat seinen Stand in der Mitte des Marktplatzes aufgebaut und kommt mit dem Aufreißen der Kartons, Zerteilen der Stauden und Aushändigen der Früchte, dem Wechseln und Kassieren kaum nach. Die Menschenschlange drängelt und schiebt.

Sie blinzelt unauffällig aus schmalen Augenwinkeln zu ihrem Wang hinüber.

Aus einem Lautsprecher unterhalb des Rathausturmes dröhnt Schlagermusik: *Eine neue Liebe, ist wie ein neues Leben* ...

Ihr Schauspieler geht zum Stand mit den Äpfeln. Er nimmt einen rotbackigen aus dem Korb, hält ihn abschätzend in der Hand: „Darf man kosten?" Aus tief liegenden dunklen Augenhöhlen ein erstaunter, mürrischer Blick des Händlers. Er versucht ein gekünsteltes Lächeln. Die aufgeplusterte Banane in seinem Blickfeld setzt Energien frei. Konkurrenz, ein neues Wort. Der Apfelverkäufer kennt es nicht, er folgt seinem Gespür und wischt den Apfel mit einem Küchenhandtuch ab, zieht sein Taschenmesser aus der Hosentasche, schneidet den Apfel in zwei Hälften und legt die rotbackige in Wangs Hand. Er beißt hinein. Das Märchen von Schneewittchen fällt ihr ein: „Du beißt in die rote Hälfte?" Er lacht: „Ein Prinz darf das." Sie möchte lieber ein Eis. Am Eisstand steht ebenfalls eine Menschenschlange vor einer importierten Tiefkühltruhe. Den Eisverkäufer sieht man nicht, er ist von einer Menschentraube umgeben. Hinter der Traube ist ein großes Poster zu erkennen. Diverse Eissorten. Stimmen dringen an ihre Ohren: „Erdbeer-Sahne?" „Nein, lieber Schoko-Nuss!"

„Oder, doch lieber …?" Die Geschmacksnerven, bisher auf ein Minimum beschränkt, haben sich noch nicht gewendet.

Sie würde gern an einem Eis schlecken, aber hat kaum eine Chance, an den Eisstand heranzukommen. Da ist ihr Schauspieler besser dran. Er kommt ihr mit einer Tüte Äpfel im Arm entgegen. „Die schmecken lecker, sind saftig und süß." So verlassen die beiden Äpfel essend den Markt. Maja holt ihre Worte hervor und polt sich wieder um zum Stadtführer: „Wir befinden uns jetzt auf dem Domplatz mit dem Brunnen, der um 1500 gebaut wurde. Das schmiedeeiserne Schmuckwerk ist von einem einheimischen Kunstschmied gestaltet worden. Der Name des Künstlers blieb bis heute unbekannt …" Wieder macht ihr so ein Verkaufsstand einen Strich durch die Rechnung: Klamotten. Westklamotten! Man wühlt in den Sachen. Auch hier eine Menschenschlange. „Wie ich diese Schlangen hasse", Maja kann nicht mehr an sich halten und schimpft los. „Schlange, Gänsereihe. Erniedrigend. Diese Gier nach dem Mammon!"

Ein Schmerz ist in ihr, wie mit Nadeln, einmal gesetzt, stechen die Erniedrigungen immer noch. Ihr Schauspieler schaut sie mit klarem Blick an, als sehe er sie zum ersten Mal. Er legt seinen Arm um sie und schiebt sie sanft weg von diesem Ort. Sie lassen den Springbrunnen links liegen und gehen auf dem Kopfsteinpflaster, über Straßenlöcher und schief gelegte Steinplatten, durch die grasüberwucherte Mönchsgasse zur Klosterruine. Sie geraten in das Luftloch einer unguten Stille. Ihre Schatten wachsen riesenhaft auf das Pflaster.

Sie spürt plötzlich das schwere Gewicht ihres kleinen, sich gerade freigekämpften Landes auf ihren Schultern. Betroffenheit und Trauer.

Sie hat sich in ihren Gedanken verlaufen und schreckt hoch, als Wang die Stille unterbricht: „Und hier wohnen Menschen?" Er hat wieder Worte gefunden, ihr Schauspieler, er, der privilegiert wohnt. Sie stehen in der Mönchsgasse zwischen alten Bürgerhäusern.

Er schaut nach oben auf eine graue, verwitterte Hausfassade. Die Dächer sind kaputt und die Haustüren hängen schief in den Angeln. Die Fassaden sind schmutzig und grau. Man erahnt nur noch die Schönheit der Bauten. Zwischen den Mauern der Klosterruine spielen Kinder. Sie haben sich zwischen hohen Gräsern und Steinen eine Wohnung gebaut.

Das Schweigen hängt wie abgestandene Luft zwischen ihnen. „Wollen wir doch noch ein Eis kaufen?" Sie sind wieder auf dem Marktplatz angekommen. Es ist ruhiger geworden. „Ein echtes West-Eis", ihr Schauspieler will aufheitern.
Sie findet sich wieder und versucht ein Lächeln.

Der Eisverkäufer ist nun in voller Statur sichtbar.

Maja erschrickt: Wenn sie die Augenlider zu schmalen Schlitzen zusammenkneift, nur sein Gesicht sieht – das des Eisverkäufers – taucht vor ihrem inneren Auge darunter ein dunkler Anzug auf, abgeschabt, unansehnlich über die Jahre. Und sie erkennt den Parteisekretär ihres Betriebes mit seinem falschen Lächeln. Mit seinen rabenschwarzen, ausdruckslosen Augen unter buschigen Brauen, Angst machend und intrigant – Fragen stellend. Sie spürt wieder ihre zitternden Knie beim parteiwerbenden Einzelgespräch. Fragen, die sie nicht bereit war zu beantworten, die ständig drohende Gefahr, ins gezückte Messer zu laufen.

„Nun, was möchtest du für ein Eis? Schoko? Kiwi? Erdbeere? Oder Banane?"

„Nein! Kein Eis!" Diese drei Worte schreit sie aus sich heraus und stürzt davon.

Am Theater hinter einer Säule fühlt sie sich wieder sicher. Sie zieht ihren Schauspieler an sich: „Halt mich fest, ganz fest in deinen Armen." Sie zittert am ganzen Körper. Er streicht ihr eine Haarsträhne aus dem Gesicht: „Was sagte Wang? ... los, such dir selbst den Schluss, es muss ein guter werden, muss, muss, muss!"
Langsam löst sich ein Krampf in ihrem Innern.

Einige Jahre später sieht sie ihren Schauspieler oft im Film und Fernsehen.
Immer seltener steht er vor ihrer Wohnungstür – dann aber mit der Rose und dem Lächeln, das nur sie kennt.
Im Modegeschäft am Markt hat sie sich ein neues Leinenkleid gekauft, modern und farbenfroh. Sie hält das Gewebe in den Händen, streift es glatt und sieht das Schildchen am Rückenausschnitt:: Made in China ...
Was wird jetzt mit der Weberin, die mit geschickten Händen das Schiffchen von einer Seite zur anderen wirft? Kette und Schuss, ein Hin und Her von selbstgesponnenem Garn.

Wie heißt es im Märchen? Schau nicht zurück ...

Reise-Freiheit

Ein stummer Gang durch die Wohnung. Sie rückte die Möbel hin und her, die Stehlampe, den Sessel, schüttelte an den Sofakissen … Gesprächsfäden, die sich hier durchs Zimmer gezogen, sich manchmal ineinander verfangen hatten, entwirrt wurden und Muster bildeten.

Ein Trug, allein sein zu können …
Mail, facebook, twitter, skype. Eine neue Kommunikation?
Alternativen gegen das Alleinsein? Die Enkeltochter sorgte dafür, dass ihre Gehirnzellen auf Hochtouren liefen. Doch ein lebendiges Gegenüber war ein Computer nicht.

Vor zirka drei Wochen, sie hatte schon am Morgen den Computer angeschaltet, da hörte sie das gleichmäßige Tuten. Sie war an den Schreibtisch gelaufen, einen Klick auf das Hörersymbol und die Enkeltochter lächelte ihr entgegen. „Hallo. Du musst rechts unten auf *Video* klicken, damit ich dich sehen kann." Jedoch sie fühlte sich verschlafen und ungekämmt … „Linke Maustaste, der blaue Punkt unten rechts", sagte das bekannte

Gesicht mit holpriger Stimme. Sie ignorierte die Aufforderung und hörte das Holpern etwas zeitversetzt:

„Ich wohne jetzt in einer kleinen Mansardenwohnung mit einer Kanadierin zusammen. Sie ist für eine Woche verreist. Kommst du mich besuchen?"

Eine Glut ganz tief innen, von weit her. Aus der Zeit als sie die Kleine auf dem Arm hatte. Die Hände um ihren Hals geschlungen. Das leise Flüstern im Dunkeln: Wollen wir uns küssen? Das feuchte Küsschen ... Wie schnell doch das Leben einen Sinn bekam. Gedanken, wie ein fließender Strom.

Neue Kräfte wurden frei gesetzt und mit Reisevorbereitungen zugeschüttet.

Sie hatte sich einen neuen Koffer gekauft. Rot und groß. Ein Hin und Her zwischen Kleiderschrank und Koffer. Was ziehe ich an? Was packe ich ein?

Schließlich kniete sie auf dem Koffer und zurrte am Reißverschluss, der sich nur mühsam vorwärts bewegen ließ. Sie hatte viel zu viel eingepackt.

In der Nacht schlief sie schlecht. Unruhiger Halbschlaf. Sie drehte sich von der Seite auf den

Rücken und schaute ins Dunkel. Angst flüsterte im Schlafzimmer. Nach Mitternacht zählte sie die Stunden bis zum Abflug am Flughafen. Neun waren es noch. Sie wühlte sich zurück in ihre Kissen und irgendwann war sie dann doch eingeschlafen.

Das neue Flughafengebäude erinnert an eine Fabrikhalle. Ein Aufeinanderschlagen von Glas und Stahl.
Geräusche von startenden und landenden Maschinen. Indem sie in der Warteschlange zum Check-In steht, braut sich in ihrer Magengrube etwas zusammen.
Früher, denkt sie, fuhr man per Schiff über den Ozean …

Moskau, sie erinnert sich. Ihr erster Flug. Eine Auszeichnungsreise für Peter – Aktivist der sozialistischen Arbeit. Sie durfte ihn begleiten. Ein Anlass, um an Peters Seite zu sein, der ihr zwischen roten Auszeichnungsmappen und einer Frau abhanden zukommen schien.
Es war eine kleine russische Propellermaschine. Die Maschine stieg über Hügel mit Feldern im Schachbrettmuster, kleine verborgene Seen lagen

eingebettet in Grün. Das Flugzeug schraubte sich in einer Steilkurve nach oben, durchbrach die Wolkendecke, und tauchte in ein lichtes Grau. Verlor sich darin. Und da geschah es: Ein Propeller setzte aus. „So eine Maschine schafft es auch mit einem Flügel.", sagte Peter und sie hatte den Verdacht, er wolle trösten.

Ein ruhender Propeller, das war doch nicht normal!

Was wenn das Flugzeug abstürzt? Wenn es in der Luft explodiert und in höllischer Geschwindigkeit auf die Erde rast und schließlich am Boden zerschellt? Nein, so wollte sie nicht sterben! Stille. Totenstille. Kein Laut aus dem Cockpit. Es roch nach verbranntem Gummi.

Die Maschine ratterte, es klang wie ein Kampf. Aus dem Cockpit, das nur mit einem Vorhang abgetrennt war, drangen gedämpft russische Wortfetzen nach hinten.

Peter hatte ihre feuchtkalte Hand genommen und sagte nichts. Allmählich begann man mit dem Landeanflug auf Moskau. Die Maschine wackelte bedrohlich, kippte nach links, dann nach rechts, schaffte es wieder in die Waagerechte.

Ein Blick aus dem Fenster nach unten ließ sie erstarren: Eine Kette von Rotkreuzwagen und blauen Warnblinken schmückte die Rollbahn. Die Maschine schwankte noch einmal, ein kräftiger Stoß und endlich hörte man die Räder ausfahren, sie berührten den Boden, das Flugzeug setzte auf, ein leichtes Kippen. Bremsen quietschten, und die Maschine war zum Stehen gekommen.

„Sie noch einmal geboren worden …",
so empfing Olga die Touristen am Flughafen.

Ein auf sie gerichteter Blick holt sie in die Gegenwart zurück. Ein Mann am Nebenschalter. Groß und schlank. Schwarzes, glänzendes Haar. Dunkle lebhafte Augen und ein brauner Teint. Ein Schönling. Sie schaut möglichst unauffällig hinter sich: Da ist niemand … Er meint sie wirklich. Ein charmantes Lächeln, dann schaut er nach unten neben sich. Erst jetzt sieht sie den Koffer. Eine kleine Schrecksekunde: Mein Koffer! Nein, natürlich nicht. Gleiches Modell, gleiche Farbe, nur etwas kleiner.

Ein tiefgründiger Blick, der plötzlich unter den Augenbrauen aufflammt und von oben nach unten über ihren Körper gleitet. Ihr wird ganz heiß. In die Wartenden kommt Bewegung. Sie rollt ihren roten Koffer vor und reicht der Dame am

Schalter den Reisepass. „Sie müssen in Frankfurt umsteigen in die Maschine nach New York, ihr Gepäck wird durchgecheckt", eine müde Stimme aus grell geschminktem Mund.

Sie hebt ihren roten Koffer auf das Band. Die Schalterdame hält den Gepäckklebstreifen bereit: „Ein Gepäckstück?" Sie nickt. Der Klebstreifen mit der Gepäcknummer wird mit geübten Händen am Koffergriff angebracht, das Transportband bewegt sich und ihr Rot verschwindet aus ihrem Blick.

Man reicht ihr die Reisepapiere, sie verstaut den Reisepass in ihrer Tasche und behält die Bordkarte kontrollbereit in der Hand.

Ihre Augen suchen. Ihr Kofferpartner ist verschwunden. Fata Morgana? Schließlich geht sie durch die Halle zur Sicherheitskontrolle.

Plötzlich fühlt sie wieder diesen Blick. Seine schmale Gestalt rückt langsam vor zum Handgepäckband. Bei ihm steht eine kleine Person mit kupferrotem Lockenkopf. Gehört sie zu ihm? Die Frau hantiert an großen silbrig glänzenden Ohrgehängen, um sie dem Sicherheitsbeamten in die Ablage zu werfen. Die Rotgelockte geht durch die Kontrolle und muss ihre Handtasche entleeren.

Diverse Kosmetikartikel rollen dem Kontrolleur entgegen.

Der Metalldetektor sorgt für Unterhaltung. Ein junger Mann wird aufgefordert, seine Schuhe auszuziehen und hält diese lächelnd dem Sicherheitspersonal unter die Nase. Das Security – Personal versteht keinen Spaß, ist nur darauf bedacht, den Weltterrorismus zu besiegen. Man rückt vor. Nun ist sie an der Reihe. Sie muss sich konzentrieren: Handtasche auf das Band, die Jacke und den Armreifen in die Schale. Sie ist nervös, will zum Kontrollbogen gehen, da ruft so ein Sicherheitsmann mit mahnender Stimme: „Ihre Armbanduhr!"
Sie hat das Gefühl alle schauen zu ihr.

Im Metalldetektor denkt sie einen Moment lang an die politischen Diskussionen zur Einführung eines Körperscanners.
Hu..., nackt vor diesen Beamtenblicken ...?

Sie will gerade nach der Jacke greifen, da nimmt eine Männerhand ihr diese ab: „Darf ich Ihnen helfen?" Sie wird rot. Sie lässt die Handtasche fallen, weiß mit der Bordkarte, die sie immer noch in der Hand hält, nicht wohin. Sie ist völlig verstört. Der Schönling hebt ihre Tasche auf … ein kurzer Moment Auge in Auge …

Seit einer reichlichen halben Stunde sitzt sie in der Wartezone und ist verstimmt.

Ihr Kofferpartner tauchte nach geraumer Zeit im Wartebereich auf, neben ihm der rote Lockenkopf mit dem sachten Gang einer Löwin. Er würdigt sie keines Blickes mehr. Ihre Gedanken kreiseln zwischen einem imaginären Punkt und ihrer Eitelkeit.
Was will sie eigentlich? Sie befragt die unbekannten Räume in ihr.
Sie hält die Hand vors Gesicht, schließt die Augen und sucht nach einer Gedankenkette, an der sie sich festhalten kann. In der Dunkelheit dieser Sekunden überblickt sie noch einmal die vergangenen Jahre. Wie viel Leben passt in eine Zeit? Peter. Ihre gescheiterte Ehe. Der Sohn. Die Enkeltochter …

„Die Passagiere des Fluges 137 nach Frankfurt werden zum Gate H13 gebeten. Ihre Maschine steht zum Abflug bereit." Bewegung kommt in die Wartenden. An der Absperrung bildet sich eine ungeordnete Menschenansammlung. Ihr Rotkoffermensch hat sich ebenfalls erhoben und stürzt mit seiner Dame hektisch davon. Sie kämpft gegen das nervöse Kribbeln in ihren Knochen, träufelt Ruhe in sich hinein und schaut von ihrem Platz aus auf die zähflüssige Masse. Allmählich lichtet es sich. Nun nimmt auch sie ihre Handtasche und … Eine Schrecksekunde. Die Bordkarte. Ihr Herz zappelt. Nicht nervös werden, sagt sie sich und kramt in ihrer Handtasche. Dann in den Jackentaschen. Nichts.

Sie verliert die Kontrolle über sich und jappt nach Luft. Die Dame vom Flughafenpersonal winkt sie heran. Eine zweite sitzt hinter dem Monitor am Computer. „Einen Moment, ich habe die Bordkarte in meiner Handtasche vergraben." Sie durchwühlt erneut ihre Tasche und sucht mit zittrigen Händen zwischen Papiertaschentüchern, dem Adressbuch und einer Reisebroschüre über New York. Die Dame am Gate wird ungeduldig: „Wir können nicht mehr lange warten. In wenigen Minuten muss die Maschine in ihre Startposition."

„Bei der Sicherheitskontrolle hatte ich die Bordkarte noch." Sie rennt zurück zum Kontrollpunkt. Dort ist niemand mehr.

Was nun? Als sie wiederkommt, ist der Ausgang geschlossen. Niemand ist mehr da. Am Monitor blinkt der Flug 137: *gestartet.*

„Nein!" Sie schreit fast.

Zwei Sicherheitsbeamte kommen auf sie zu. Oder ist es die Flughafenpolizei? Sie weiß das nicht so genau. Sie ist wie in Trance. „Dürfen wir Sie bitten, mit uns zu kommen?"

„Heißt du auch Muhammad?" Die Frage kommt von einer Kinderstimme in leicht sächsischem Akzent. „Mach dir nichts draus, die wollen nur die Daten überprüfen", sagt der Junge – zirka sechs oder sieben Jahre alt –, seine Arme schauen aus dem T-Shirt heraus, als gehörten sie nicht zu ihm. „Sicherheitskontrolle!", ruft er im Vorbeigehen in gekonntem Beamtenton. „Und, wenn du keine Bombe dabei hast, passiert dir nichts."
Seine Mutter steht im Hintergrund: „Er kennt das schon. Anfangs hat er geweint und sich an mich geklammert, … ich hätte ihm einen anderen Namen geben sollen."
Weiß gekalkte Wände, die auf sie zukommen und ihr den Atem nehmen. Der Beamte bietet ihr einen Holzstuhl an, auf dem sie Platz nimmt.

Der Reisepass und die Einreisegenehmigung für New York werden hin und her gewendet und auf Echtheit geprüft. Der Computer wird befragt und das Einwohnermeldeamt am Heimatort.

Ihren Worten und Bezeugungen will niemand Glauben schenken.

Eine finstere Beamtenmiene sitzt ihr gegenüber. Eine Maske. Wortlos. Herzlos. Na klar, denkt sie, *Uniform – uni – einheitlich.* In eine Form gepresst und ein roter Klumpen, der hinter dem Tuch gleichmäßig pocht, wie ein mechanisches Uhrwerk. Freiheitsentzug. Sie hätte nicht gedacht, dass sie von diesem Wort wieder eingeholt werden würde.

Ein altes Trauma bricht in ihr auf. Das Dunkelblau der Uniform wird grün. Grau, die Erinnerung: Der Morgen der Hausdurchsuchung damals. Die Verhöre, als ihr Sohn so plötzlich verschwunden war.

Ein Schmerz zieht noch einmal durch ihren Körper.

Eine Stunde vergeht, zwei, drei. Man hat es nicht eilig.

Sie müsste vielleicht ihre Enkeltochter anrufen? Doch das Handy zeigt keinen Empfang.

Eine Tageszeitung liegt vor ihr auf dem Tisch. Sie versucht sich abzulenken. Liest die Schlagzeilen ... *Neues Aufenthaltsgesetz.*

Ihre Augen verhaken sich für Sekunden in den schwarzen Lettern:

Seit gestern tritt ein neues Aufenthaltsgesetz für geduldete Ausländer in Kraft. Danach darf jetzt ein in Sachsen gestrandeter Flüchtling seinen Aufenthaltsort über die Kreisgrenze hinaus überschreiten. Bisher hatte eine irakische Schülerin, die mit ihren deutschen Freundinnen in ein Konzert wollte, bei Verlassen ihres Wohnortes eine hohe Ordnungsstrafe zahlen müssen.

Freiheit ist wie die Luft zum Atmen, denkt sie und schaut auf den Ventilator, der in dem fensterlosen Raum über ihr kreist.

Plötzlich stürzt ein Kriminalpolizist in den Raum und kommt auf sie zu: „Der von uns gesuchte Mann ist mit Ihrer Bordkarte in die Maschine nach New York gestiegen!"

Er hält ein Foto in der Hand: „Kennen Sie diesen Mann?" Sie wird blass: Ihr Schönling ... der Mann mit dem roten Koffer. Sie stammelt: „Mm ..., er hat mir an der Sicherheitskontrolle in die Jacke geholfen."

Der Kommissar klappt sein Handy auf: „Unser gesuchter Mann landet gegen 24 Uhr auf dem Kennedy Airport in New York. Geben Sie das bitte sofort an alle Polizeistationen durch!"

Fünf Stunden später steht sie mit einer neuen Bordkarte am Ausgang zum Flieger nach New York.
Warum der Bordkartendieb mit seiner rot gelockten Dame von der Polizei gesucht wird, weiß sie nicht. Das ist ihr jetzt auch egal.

Sie begibt sich endlich auf ihre Reise, die sie dahin bringt, wo sie hin möchte, im Inneren wie Äußeren.

Epilog

„ … er hat seine Wurzeln gefunden. Der neue Hausherr will das Schloss nach und nach restaurieren." Der Verwalter führt die Besucher durch das Gelände.

Die Fassade des Gebäudes ist grau, überall bröckelt der Putz. Das alte Schloss scheint direkt aus dem Gras zu wachsen.

Reste mittelalterlicher Bausubstanz sind zu erkennen, vage noch eine herrschaftliche Eleganz des ehemaligen Adelssitzes.

„Am Dreiecksgiebel in der Mitte über dem Eingang hat der neue Besitzer sein Wappen anbringen lassen. Einer Bauinschrift zufolge wurde das Schloss 1738 erbaut. 1945 fiel das Rittergut unter die Bodenreform und diente bis zur Wende als Heim für Kinder von Stasiopfern. 1990 löste man das Kinderheim auf." Unter den Besuchern herrscht betroffenes Schweigen.

Es riecht nach altem Linoleum und Desinfektionslösung. Alte Tapetenreste hängen in Fetzen von den Wänden herunter und sehen aus wie speckige, von tiefen Furchen zerschnittene Gesichter. Der Verwalter, der die Gruppe durch die

begehbaren Innenräume führt, redet unbeirrt
weiter: „Von dem ehemaligen Zimmer der Erzie-
herinnen kommen wir direkt in den Schlafsaal.
Hier lagen die Kleinsten ... "
Urplötzlich löst sich eine junge Frau aus der
Gruppe der Besucher und stürzt nach draußen.
Ein Mittvierziger läuft ihr hinterher und findet sie
weinend auf einer Bank im Park. Er nimmt sie in
seine Arme. Sie stammelt in ihn hinein: „Kann
man denn verzeihen?" „Ja, ... man kann!"

Eine ältere Dame lehnt an der steinernen Säule
eines Pavillons. Dort wo sich die Wege im Di-
ckicht verlieren. Sie hat die Beiden auf der Bank
entdeckt, zwei in einem, leuchtend im unendli-
chen Grün der Weite. Sie wendet sich ab und
geht langsamen Schrittes davon und ihre Gedanken werden zu kleinen bunten Kreisen, die der
Sonne entgegen fliegen.

Schmetterlinge können in dunklen Räumen
überwintern, und wenn man im Frühling die
Fenster öffnet, flattern sie wieder.

Weitere Romane/Erzählungen:

Wenn jede Stunde zählt

Roman

Ein merkwürdiger Anruf bringt Judiths Arbeits-
und Ehealltag völlig durcheinander. Der Hilferuf
von der Freundin ihrer verstorbenen Mutter hält
sie vier Tage lang in Bann. Erinnerungen an die
Zeit am Sterbebett ihrer Mutter und die Briefe
der Freundin wecken ihr Pflichtbewusstsein. Die
Ich-Erzählerin wird plötzlich mit der Pflegebe-
dürftigkeit alter Menschen, der Arbeit des Pfle-
gepersonals im Altenheim, mit der Lieblosigkeit,
Anonymität und letztendlich auch mit Medika-
mentenmissbrauch konfrontiert. Eine nicht un-
bedeutende Rolle spielt die zwanzigjährige Katja,
die in der Rezeption der Seniorenresidenz arbeitet, für Judith zu einer Verbündeten wird, den
Wandel zu einer selbstbewussten Frau erfährt
und ihrem Leben ein Ziel setzt.

Ein bewegender Roman, der zart und eindring-
lich zugleich die Kostbarkeit selbstbestimmten
Lebens aufzeigt und den Leser mitnimmt auf eine
spannende Reise durch das Leben dreier Genera-
tionen unserer Zeit.

ISBN 978-3-7450-2743-3 – auch als E-book

KRANICHE
im Ruderflug
Erzählungen

Kurzgeschichten über Flucht, Vertreibung, Krieg, Einsamkeit. Angelehnt an die Thematik ihrer bisher veröffentlichten Romane wechselt die Autorin in beeindruckender Sprache zwischen Erinnerung und dem Jetzt. Zwischen Partnerbeziehung und dem Alleinsein. Ein Generationen-Bogen vermittelt Erlebtes mit all seinen Gefühls-Facetten. Eine kraftvolle Auseinandersetzung mit der Vergangenheit.

ISBN 978-3-7412-7284-4,
auch als E-book erhältlich.

Unebene Wege

Roman

Um den Kopf frei zu bekommen,

joggt Christoph durch den Park,

Gerade hat er von seiner Frau erfahren,

dass er Vater werden wird. Eine Narbe,

die verheilt geglaubt, bricht wieder in ihm auf.

Vergangenheit und Zukunft treffen aufeinander.

Schließlich bringen die Aufzeichnungen

der Mutter aus den Jahren 1987 bis 1989

eine bittere Wahrheit ans Licht.

Eine Geschichte über Kindheit und Erwachsen-

werden und die verzweifelte Suche

nach dem Vater.

ISBN 978-3-7494-8439-3